HAYMON taschenbuch 15

HAYMON tb **15**

Ungekürzte Taschenbuchausgabe
Haymon Taschenbuch, Innsbruck-Wien 2009
www.haymonverlag.at/haymontb

ISBN 978-3-85218-815-7

Umschlag- und Buchgestaltung:
Kurt Höretzeder, Büro für Grafische Gestaltung, Scheffau/Tirol
Satz: Haymon Verlag/Manuela Weiß
Coverfoto: Rebecca Dörner
Autorenfoto: Thomas Böhm

Gedruckt auf umweltfreundlichem,
chlor- und säurefrei gebleichtem Papier.

Alois Hotschnig

Die Kinder beruhigte das nicht

Erzählungen

Alois Hotschnig

Die Kinder beruhigte das nicht

Dieselbe Stille, dasselbe Geschrei

Wenn ich das Haus verließ, lagen sie auf ihrem Steg, und wenn ich nach Stunden zurückkam, lagen sie immer noch dort, in der Sonne, im Schatten, im Regen, im Wind, tagein und tagaus, jeden Tag. Zwei Gärten trennten uns voneinander, die zu vernachlässigten, leer stehenden Häusern gehörten, und einige Bäume und Hecken, das Schilf und das Schwemmholz, das am Ufer entlangtrieb. Ihr Steg unterschied sich in nichts von den übrigen Stegen der Gegend. Ein Windfang aus Brettern schützte auch vor den Blicken der Nachbarn. Ein Topf mit Lobelien stand auf einem Sims, der an der Wand angebracht war. Dahinter schaukelte eine Palme aus Plastik im Wasser. Sie gehörte dem Mädchen vom Steg hinter ihnen, das sich kreischend und johlend daran zu schaffen machte und vor Vergnügen tobte und schrie und nicht genug bekommen konnte davon, den Baum hochzuklettern und sich hinunterfallen zu lassen ins Wasser und unterzutauchen und wieder aufzutauchen und immer so fort.

An der Freude dieses Kindes schienen meine Nachbarn so wenig Anteil zu nehmen wie an allem anderen, das es um sie herum gab, und anders schien man es auch im Umgang mit ihnen nicht zu halten, denn in der Umgebung nahm man sie ganz einfach nicht wahr.

So friedlich lagen sie auf ihren Liegen, und eine ganze Weile hielt ich das für das Glück, doch mit der Zeit fragte ich mich, ob es den beiden wirklich gut gehen konnte in ihrer Hinfälligkeit, und mit jedem Tag fiel es mir schwerer, diese so beharrliche Ruhe vor Augen zu haben, ohne Anstoß zu nehmen daran.

Im Fernglas waren sie um einiges jünger, als ich sie auf die Entfernung geschätzt hatte, und so wirkten sie nun zwar nicht mehr jung, aber doch noch wie früh ergraut, und ich fragte mich, was der Grund dafür sein mochte, dass mir diese Menschen von Anfang an so bekannt

und vertraut vorgekommen waren und ich dabei war, ihre Nähe zu suchen, auch wenn ich mir das nicht erlaubte.
Ihre Untätigkeit machte mir zunehmend zu schaffen, doch sie schienen zufrieden, als hätten sie einander gefunden und sich abgefunden damit, dass alles war, wie es war. Und offenbar hatten sie sich alles gesagt, denn sie sprachen nicht miteinander, und wenn, dann in Zeichen und geometrischen Mustern, die sie mit den Händen in die Luft zeichneten. Was nicht vorkam, war, dass die Frau auch nur ein einziges Mal in die Richtung geblickt hätte, in die der Mann gerade eben gezeigt hatte. Nebeneinander lagen sie auf ihren Liegen, die Arme am Körper, und rührten sich nicht, kein Verscheuchen von Mücken, kein Kratzen, die Beine angezogen oder gestreckt, in jedem Fall aber für Stunden, jeden Tag, jede Nacht, immer gleich. Diese Ruhe löste eine Unruhe in mir aus, die zunahm und wuchs und sich zu einer Verstörung auswuchs, mit der ich nicht umgehen konnte. Ich hatte die beiden für einen Teil der Idylle gehalten, die ich hier vorfinden wollte, doch nun reizte mich ihre ständige Anwesenheit, und als ich entdeckte, wie leicht

man von ihnen aus meine Wohnung einsehen konnte, fühlte ich mich gestört und ertappt, beobachtet eigentlich, überwacht, obwohl ich wusste, dass ich es war, der seine Nachbarn nicht aus den Augen ließ. Wenn ich aus dem Haus ging, sah ich zu ihnen hinüber, und kam ich zurück und sie waren einmal nicht an ihrem Ort, fand ich erst wieder zur Ruhe, wenn sie dort lagen. Mit meinen Gedanken war ich häufiger und intensiver bei ihnen, als es mir gut tat, und so war mir immer öfter, als wäre ich in ihr Revier eingedrungen. Und das zeigten sie mir, zumindest glaubte ich das dem Mann vom Gesicht ablesen zu können, wenn unsere Blicke sich trafen.
Am Morgen, wenn ich mich auf der Terrasse vor dem Haus zum Frühstück hinsetzte, starrte er mir schon entgegen, und den ganzen Tag über gab es keine Handlung, die nicht von ihm beobachtet war, und nicht ein Mal war er dabei in die Verlegenheit gekommen, dass ihm ein Gruß ausgekommen wäre. Das strengte mich an, doch diese Haltung imponierte mir auch und kam mir entgegen, denn Anschluss suchte ich nicht. Und doch war ich immer wieder knapp davor, ihn zu grüßen, so

lange hatte er mich mit seinen Blicken verfolgt, doch weil mir nicht klar war, ob tatsächlich ich gemeint war oder ob er doch nur stumpf vor sich hin brütete, verbat ich es mir jedes Mal. Als neu Zugezogener wollte ich es mir nicht gleich mit den Nachbarn verscherzen, und so hatte ich mich eine ganze Weile über Gebühr und wohl auch übertrieben um die Aufmerksamkeit dieser Menschen bemüht, doch war von dort keine Antwort gekommen, was ich lange auf eine vielleicht vorhandene Fehlsichtigkeit zurückgeführt hatte, bis ich ihn eines Tages jemandem zuwinken sah, der von einem Boot aus mitten im See auf sich aufmerksam gemacht hatte, und also klar war, dass ich die Verweigerung eines Grußes persönlich zu nehmen hatte. Und schließlich, anders hatte ich es mir nicht gewünscht, als ich mir diesen Ort und das Haus ausgesucht hatte, Ruhe hatte ich gesucht und Distanz, und diese Ruhe fand ich hier vor, und diese Ruhe tat gut. Und sie war schrecklich, denn ich war nicht daran gewöhnt, merkte ich, und so kehrte sie sich gegen mich in Gestalt dieser Menschen, die in Wahrheit doch auch nur in Ruhe und Frieden gelassen sein wollten wie ich.

Durch ihre Ablehnung waren mir die beiden näher gekommen, denn eine Art Kontakt war das auch, und dass von mir keine Bedrohung ausging und ich an einer Begegnung nicht interessiert war, wollte ich ihnen nun zeigen, indem ich die Vorhänge zuzog, wann immer er mit seinen Augen meine Wohnung abgraste, und schließlich die Läden vor die Fenster schob, wenn ich daran dachte, dass sie mich von ihrem Steg aus beobachten könnten. Und doch, noch im selben Moment war mir klar, dass ihre vermutete Aufdringlichkeit in Wahrheit die reine Gleichgültigkeit mir gegenüber war, mit der mir diese Menschen nur zeigten, dass ich für sie gar nicht erst existierte, und dass in Wahrheit ich es war, von dem eine Behelligung ausging, wenn von Behelligung überhaupt die Rede sein konnte.
Diese Gleichgültigkeit war mir recht und auch nicht, weil ich mir nicht erklären konnte, womit ich mir diesen Angriff verdient haben mochte, und als eines Tages ein Sturm unser Ufer zerstörte und die beiden ungerührt auf ihrem Steg liegen blieben und ich ihnen Hilfe anbot und sie auch darauf nicht reagierten, war klar, mit der guten Nachbarschaft würde es nichts.

Kein Wolkenbruch holte die beiden aus ihrer Gewohnheit, der sie mit einem Ernst nachgingen, als handelte es sich um eine Pflicht.
Es kam vor, dass der Mann aus dem Liegen aufschreckte, um sich mit einem Ruck auf die Beine zu werfen und über den Steg zur Treppe zu eilen, die ins Wasser führte, ins Schilf. Mit beiden Armen stützte er sich dann auf das Geländer der Treppe und baute sich daran auf, als verteidigte er sich gegen eine Gefahr. Dann erstarrte er in dieser Haltung und stand still, stundenlang. Gelegentlich war Bewegung im Schilf, dann wirbelte oder schlängelte sich etwas im Wasser, in das der Mann hineinstarrte, um sich plötzlich und unvermutet umzudrehen und seine Liege aufzusuchen und sich darauf zu verschanzen und sich bis in die Nacht hinein nicht mehr zu rühren.
Hinter ihnen schaukelte die Palme im Wind, und das Mädchen sprang unaufhörlich ins Wasser und räkelte und aalte sich darin, dass es mir eine Lust war, heimlich mit diesem Kind gegen den Stillstand, den ich vor Augen hatte, anzuschreien.
Die Sonne ging auf und ging unter, nichts änderte sich, nur meine Unruhe wuchs. Um

nicht weiter an diesen Menschen Anstoß zu nehmen, beschloss ich, meine Beobachtung auszuweiten und zu intensivieren, und als hätte ich kein eigenes Leben gehabt, lebte ich nun das Leben dieser anderen aus.

Nachts war immer wieder ein Greinen zu hören, wie das Wimmern eines Kindes, das mit dem Wind aus ihrer Richtung herüberkam und wieder verschwand, um sich doch wieder bemerkbar zu machen, wenn man schon nicht mehr daran dachte, unaufdringlich und leise, aber doch in der Stärke, dass das jeweilige Gespräch zum Stillstand kam, wenn ich Besuch hatte und mein Gast von dem Moment an nur noch darauf aus war, dieses seltsame Geräusch noch einmal zu hören.

Darüber reden wollte ich nicht, und erklären konnte ich nichts, und so verließ ich unter einem Vorwand den Raum jedes Mal, wenn es begann, sich zu rühren, oder ich rückte lärmend die Gläser zurecht, um einen Vorhang vor dieses Wimmern zu ziehen.

Auch meine Nachbarn hatten Besuch, das kam vor. Ein junger Mann lag dann mit ihnen am Steg. Am Abend zuvor wurde eine dritte Liege aufgestellt, und Unruhe machte sich breit. Mit

einem Straßenbesen kehrte der Mann jetzt den Steg, während die Frau es sich auf ihrer Liege einrichtete und dort lag wie sonst auch. Stunden brachte er damit zu, mit einer Sichel das Schilf abzuschneiden, das zwischen den Brettern vom Steg durchgewachsen war in der Zeit, in der sie allein gelegen hatten. Dann stieg er mit dem Besen die Treppe hinunter ins Wasser und kehrte unter Wasser den Grund und stieg aus dem Wasser heraus und ging weg und war eine Zeit lang verschwunden und kam mit einem Rechen zurück, mit dem stieg er ins Wasser und bürstete damit das Schilf, vorsichtig und mit Bedacht, liebevoll, und zupfte zurecht, was der Wind durcheinander gebracht haben mochte.
Er kämmte das Schilf. So fand er zu seiner Ruhe zurück, wie es schien, und wenn am Morgen darauf der junge Mann mit ihnen auf dem Steg lag, nahmen sie ihn in ihre Mitte, er lag auf dem Rücken, während sie sich ihm zuneigten und sich abwendeten nach einer Zeit. Nicht ein Wort, das mehr gefallen wäre als sonst, nur das Ächzen der Liegen, sonst nichts, bis zum Abend, wenn er sie wieder verließ.

Dass ich Besuch hatte, kam immer seltener vor, je mehr ich in meinen Nachbarn aufging und in ihnen verschwand, und wurde ich auf die beiden angesprochen, hatte ich alle Mühe, nicht ungehalten zu reagieren. Zu sehr war ich von ihnen besetzt, als dass ich sie neugierigen Blicken noch hätte ausliefern können. Um ihnen nahe zu kommen, isolierte ich mich von den wenigen Freunden, die es noch nicht aufgegeben hatten mit mir, in Gesellschaft ging ich nicht mehr, und ließ es sich nicht vermeiden und ein Freund suchte mich heim, war es eine Qual jedes Mal, das Gespräch nicht nach einer Zeit auf die beiden zu lenken oder der Unterhaltung zu folgen, wenn sie in anderer Richtung verlief.

Um sie in ihrem Nichtstun zu ertragen, begann ich, Geschichten über sie zu erfinden, Lebensläufe, in denen ich mir erklärte, was diese Menschen dazu gebracht haben mochte, dass alles nun war, wie es war und wie ich es vor Augen hatte auf diesem Steg. Immer einfallsreicher wurde ich im Erfinden von Lebensläufen, während mein eigener Tagesablauf immer eintöniger wurde und ich mir eingestehen musste, dass ich längst selber dort mit ihnen lag, auf dem Steg, und dass ich durch vorgeschützte Geschäftigkeit und durch die zugemutete Nähe zu diesen Menschen meinem eigenen Leben auszuweichen versuchte.

Das musste ich ändern, doch von den beiden kam ich nicht los. Für sie existierte ich nicht, und gerade damit hatten sie mich an der Angel. Sie verbaten sich jeden Kontakt, doch ihre Körper hatten sie mir willig entgegengehalten, und ich hatte Witterung aufgenommen von ihrem so offenkundig an ein Ende gekommenen Leben und hatte sie in mich hineingefressen, ich hatte mich von ihnen ernährt, und nun wollte ich mehr und konnte nicht genug bekommen davon, jede ihrer Regungen in mich aufzunehmen, und so hatte ich sie in mir, indem ich ihre Unruhe auslebte, die auch meine Unruhe war.

Dagegen setzte ich mich zur Wehr, indem ich begann, alles aufzuschreiben und zu protokollieren, was ich an ihnen entdeckte, wann sie ans Wasser gingen und wann sie den Ort wieder verließen, alles notierte ich mir. Dann fotografierte ich sie. Auf den Bildern studierte ich sie nun auch in der Nacht. So standen sie mir zur Verfügung, wann immer mir danach war.

Den größten Teil meiner Zeit verbrachte ich auf dem Steg und im Boot und in den Räumen des Hauses, von denen aus ich freie Sicht auf sie hatte. Die Protokolle ihres Tagesablaufs entsprachen meinem eigenen Tagesablauf, sie lagen auf ihren Liegen, ich ging bei mir auf und ab und sah ihnen zu, und je mehr ich an ihnen entdeckte, desto unmöglicher war es mir, mich zu entziehen.
Zunächst hatte ich sie nur von meinem Zimmer aus fotografiert, verschämt und verstohlen, denn davon merken sollten sie nichts, dann schwamm ich am Ufer entlang, und von Mal zu Mal wagte ich mich näher an sie heran. Sie schienen sich daran nicht zu stoßen, denn dass sie davon nichts gemerkt haben könnten, daran war nach all der Zeit nicht zu denken. Sie ließen es geschehen und taten in allem, als nähmen sie mich ganz einfach nicht wahr, auch nicht, wenn ich an ihnen vorbeiruderte und sie vom Boot aus bei ihren tagtäglichen Handlungen fotografierte.
Noch vor Sonnenaufgang brachte der Mann den Blumentopf mit den Lobelien und verankerte ihn an der Wand des Steges. Mit den Fingernägeln entfernte er welke Blüten und

Blätter und streute sie mit einer ausladenden Bewegung in den See. Dann stellte er die Liegen auf und brachte sie in Position zueinander, die Frau legte Decken darauf, und so wurde der Steg zum Altar, und die Sonne ging auf, und die Frau legte sich auf ihre Liege, auf der sie auch diesen Tag zubringen würde, und der Mann stieg die Treppe hinunter ins Wasser und watete durch das Schilf. Dann hielt er einen Rechen ins Wasser und fuhr damit auf dem Grund hin und her, auf und ab, als bestellte er unter Wasser ein Feld. Andächtig rechte er den Grund des Sees und zupfte er das Schilf zurecht, und ein einziger Windstoß machte die Arbeit zunichte. War alles getan und wie zur Zufriedenheit fertig, war der Mann eine Zeit lang verschwunden, um mit einer kleinen Kanne wiederzukommen, mit einer Gießkanne für Kinder, mit der er aus dem See Wasser holte und die Lobelien goss.

Welcher Handlung ich hier beiwohnte, wusste ich nicht, und die Regeln, nach denen das alles geschah, waren nicht zu erkennen, und doch war ich jeden Tag mit dabei, gegen meinen Willen und gierig danach, es zu sehen.

Bei all dem fotografierte ich sie. Und jetzt sollten sie merken, dass ich mich für sie interessierte. Ich legte es darauf an, von ihnen entdeckt und gesehen zu werden. Auch das duldeten sie, und so kam ich auch dadurch nicht von ihnen los, und ich wusste mir nicht mehr anders zu helfen, als sie in all ihren Verrichtungen zu imitieren, ich äffte sie nach, und sie sollten das sehen. Ich putzte und schrubbte den Steg und kämmte mit einem Rechen das Schilf und kehrte unter Wasser den Schlamm, Spinnweben zupfte ich von den Halmen, und mit einer Schere schnitt ich zerfranste Blätter zurecht. Bis dahin war ich ein Nachtmensch gewesen, doch wenn sie jetzt in aller Frühe ihr Lager aufschlugen, lag ich schon auf der Lauer. Wir hatten dasselbe vor Augen, wir hörten dieselben Geräusche und hatten eine gemeinsame Welt zwischen uns, die uns trennte. Haubentaucher brüteten im Schilf und Enten, die bei ihnen landeten und bei mir. Das Kindergeschrei aus dem in der Nähe gelegenen Schwimmbad, mit dem mir die eigene Kindheit entgegenrief. Dieselbe Stille, dasselbe Geschrei. Und so vieles, das uns gemeinsam umgab, die Wellen, die Fischer, die

weiter draußen ihrer Arbeit nachgingen, und das Wasser, das Ufer, das Schilf. Sahen sie das, dachte ich, und wenn sie es sahen, woran mochten sie denken dabei.
Ich saß auf meinem Steg und starrte zu ihnen hinüber, um sie dort ins Schilf starren zu sehen. Zwei auf den Rücken gefallene Käfer, die es aufgegeben hatten, noch einmal auf die Beine kommen zu wollen. Und wenn ich nach einem langen Tag den Steg verließ und ins Haus trat und die Tür zumachte und die Läden vor die Fenster schob und die Vorhänge zuzog und das Licht ausmachte und es dunkel war und ich die Augen schloss, sah ich sie immer noch an ihrem Ort, in der Sonne, im Regen, in der Kälte, im Wind, als wären sie mit ihren Liegen verwachsen. Auf diesen Liegen würden sie eines Tages liegen bleiben für immer. Und ich selbst, in meinem Bett liegend, dachte über diese Liegenden nach und hatte dabei meinen eigenen Zustand vor Augen, denn so sehr ich mich auch auf die beiden eingelassen hatte, in Wahrheit hatte ich dabei doch nur mir selbst aufgelauert, und was ich zu sehen bekam, war ich selbst, und wenn ich so weitermachte, das stand mir bevor, sah ich jetzt.

Hinausschwimmen und mich treiben lassen, wohin immer, so weit das Wasser mich trägt, davon träumte ich nun oft. Dann lag ich im Schwemmholz zwischen Steinen und Weiden, gewiegt von den Wellen, das Wasser ist kalt und auch nicht, ich spüre es nicht, auch nicht die Steine, an denen mein Körper sich reibt und sich wundschürft, kein Gespür, kein Geräusch, nur der Wind in den Weiden, die Stille, so treibe ich reglos im Wasser, ein Holz unter anderen Hölzern, ein Stamm unter anderen Stämmen, angeschwemmt und von den Steinen entrindet, im Frieden mit der Strömung und im Einklang damit, was war und was ist. Davon schreckte ich auf, und dagegen musste ich etwas tun, und jetzt erinnerte ich mich an meinen Vormieter in dem Haus und daran, wie froh er gewesen war, einen Nachfolger gefunden zu haben und von dem Ort wegzukommen. Den suchte ich auf. Ein freundlicher Mensch, der sich über meine Nachbarn ausschwieg.

Bleiben müssen Sie nicht, sagte er, wenn Sie es fertigbringen, Sie können ja gehen. Wie schwer Ihnen das fallen mag, davon allerdings habe ich eine Ahnung.

Damit war ich wieder allein. Wegzugehen hatte ich mir oft überlegt, doch solange mir nicht klar sein würde, was mich an dem Ort festhielt und wovon ich dort Zeuge war, würde es nicht zu schaffen sein, das immerhin wusste ich jetzt. Hilfe von außen würde es nicht geben, also musste ich es selbst mit meinen Nachbarn aufnehmen. Seit Monaten hatte ich schon zu ihrem Steg schwimmen wollen, um mich an dem Ort umzusehen, von dem aus diese Menschen über mich bestimmten, und mich auf eine ihrer Liegen zu legen und das, was uns umgab, einmal aus ihrer Warte zu sehen. Jetzt ließ ich mich darauf ein. Ich stieg ins Wasser und machte mich im Schilf auf den Weg. Es war noch nicht Tag, und in der Dunkelheit merkte ich bald, wie sehr ich den Weg unterschätzt hatte. Immer wieder sackte ich ein oder trat in ein Loch und hatte von einem Schritt zum anderen keinen Boden mehr unter den Füßen. Am Schilf zog ich mich dann wieder hoch. Wie blind tastete ich mich weiter voran. Alle paar Meter griff ich dabei in einen schleimigen Brei, der wie ein Film auf dem Wasser schwamm und der mir bis dahin noch nicht aufgefallen war, und schon bald konnte ich spüren, dass dieser Schleim aus meterlangen Fäden aus der Tiefe heraufwuchs, aus dem Boden, sodass immer wieder kein Durchkommen war und ich mir heftige Vorwürfe machte, diesen Menschen, die mir nicht das Geringste angetan hatten, derartig nachzustellen, doch um umzukehren, dazu hatte ich mich zu weit vorgewagt, und schließlich, ich wollte dorthin, und so kämpfte ich mich weiter voran. Ich hielt mich am Schilf, und wenn der Boden nachgab und ich einbrach, riss ich mich daran hoch, und je heftiger ich mich wehrte und ruderte und um mich schlug, desto tiefer verfing ich mich in dem Brei, der sich immer enger um mich legte, und je hilfloser ich in diesen Schwamm hineingriff und mich daran festzuhalten versuchte, desto fester überzog mich dieser Schleim wie ein Netz, das dichter und undurchdringlicher wurde mit jedem Schritt.

Ich war so weit, nach jemandem zu rufen und auf meine Lage aufmerksam zu machen, trotz der Scham, die ich dabei empfand, doch im selben Moment trat ich mit voller Wucht gegen einen Stein. Das schmerzte, aber kam ich so wieder zu stehen. Ich rührte mich nicht und stand still und war froh, Boden unter den Füßen zu spüren. Mit kleinen Bewegungen befreite ich mich von den Fäden. Ich schob einen Fuß vor den anderen, und endlich hatte ich den Steg meiner Nachbarn erreicht. Eine ganze Weile wartete ich noch im Wasser, auch um zu sehen, ob mich die beiden nicht längst entdeckt hätten, doch davon merkte ich nichts, und so setzte ich mich auf die unterste Stufe der Treppe und sah auf dieses Geflecht aus Tang und Schlamm und Morast, das mir so zugesetzt hatte. Eine Spielzeugente tauchte jetzt darin auf. Die Wellen, die ich durch mein Schlagen verursacht hatte, rieben sie gegen einen Pfeiler vom Steg, an dem ich nun eine Leine entdeckte, mit der sie festgemacht war. Immer wieder arbeitete sie sich an die Oberfläche und rieb sich an dem Pfosten und war wieder abgetaucht und verschwunden. Wie auch immer, ich war an dem Ort, der es mir so sehr angetan hatte, ich stieg die Treppe hinauf und stand auf dem Steg, doch fehlte mir nun jede Lust, mich auf eine der Liegen zu legen, und so machte ich mich durch die Gärten davon.

Von all dem hatte ich nun genug, und eine ganze Weile war ich geheilt von der Sucht, in die Haut meiner Nachbarn zu kriechen. Doch in den Träumen schwamm ich täglich zu ihnen hinüber.
Nach einer solchen Nacht ging ich hinunter zum Steg. Mein Vormieter saß dort auf der Treppe. Er schien mich erwartet zu haben, oder er nahm mich in Kauf, das war nicht zu sagen. Wie ohne mich wahrzunehmen, sah er zu meinen Nachbarn hinüber. Nachdem ich eine Zeit neben ihm gesessen hatte, stand ich auf und ging zurück in das Haus.
Von dem Tag an ging ich nicht mehr zum Steg, denn der war von nun an sein Ort, und mit jedem Tag nahm er ihn mehr in Besitz.
Dort saß er jetzt auf meinem Platz, und ich sah ihm zu, vom Haus aus, das ich bald nicht mehr verließ, und ließ ihn nicht aus den Augen und sah, wie er zu ihnen hinüberstarrte, um sie dort ins Wasser starren zu sehen, und sah zu den beiden hinüber, jeden Tag, jede Nacht, immer, bis jetzt.

Zwei Arten zu gehen

Sie nahm nicht den üblichen Weg und ging langsamer und ruhiger als sonst, wenn sie von der Arbeit kam, und er folgte ihr, sie blieb stehen und ging weiter und immer wieder in eines der Geschäfte hinein, um sich darin umzusehen und sich ein Kleid zeigen zu lassen oder es selbst von den Haltern zu nehmen und es sich vor einem Spiegel an den Körper zu legen und damit in einer Kabine oder hinter einem Vorhang zu verschwinden.
In einem Café rauchte sie eine Zigarette und noch eine und sah eine ganze Weile vor sich hin, ohne die übrigen Gäste zu beachten, und suchte in ihrer Tasche und zog einen Zettel heraus, einen Brief, den sie vor sich auf den Tisch legte, um ihn zu überfliegen und immer wieder von Neuem zu lesen. Dann

steckte sie ihn in die Tasche zurück und stand auf und verließ das Lokal und flanierte weiter von einer Auslage zur nächsten, Uhren und Schmuck, eine Buchhandlung, die sie mit einer weiteren Tasche verließ, ein Café, davor blieb sie stehen und blickte sich um und ging weiter. In einem Geschäft mit Kinderwäsche befühlte sie die Hemdchen und Jacken und Hosen und ging weiter und noch einmal zurück, um doch umzudrehen und ihren Weg fortzusetzen.
Auf dem Markt prüfte sie an den Ständen und Buden das Obst und grüßte und wurde gegrüßt und nahm einen Apfel um den anderen in die Hand oder eine Orange, um daran zu riechen, und legte sie wieder zurück und kaufte Gemüse und Blumen, während sie sich mit den Verkäufern unterhielt.
Im Park nebenan saß sie unter einem der Bäume auf einer Bank und beobachtete die Schachspieler und die auf dem Rasen liegenden Pärchen, die Enten fütternden Kinder und die Alten aus dem nahe gelegenen Heim und hatte den Brief auf dem Schoß und schrieb dazu und strich weg, um ihn endlich mit einem Lächeln zu zerreißen.

An einem Bach kamen ihr Enten entgegen, die gefüttert sein wollten, doch die nahm sie nicht wahr und schlenderte über einen Steg und die Häuserzeile auf der anderen Seite des Bachs entlang zu einem Haus, vor dessen Garten sie stehenblieb und die Taschen abstellte, um durch die Büsche in den Garten zu sehen.
Kinder spielten darin, deren Treiben sie eine Weile beobachtete, dann klingelte sie an der Tür und sah auf die Uhr und ging weiter, zügiger und bestimmter, als sie es bis dahin getan hatte.
Eine bunte Gegend, in die sie jetzt kam, renovierte Fassaden und Bäume und Brunnen, um die herum Blumen gepflanzt waren.
Ihr Weg hatte sie durch das ganze Viertel geführt, und er war ihr gefolgt, bis zu einem Rondell, dessen Zentrum eine mächtige Weide ausmachte, deren Zweige bis zum Boden herabreichten.
Im Vorbeigehen grüßte sie einige der Gäste auf der Terrasse eines Cafés und ging zu einem Laden auf der anderen Seite der Straße. Davor blieb sie stehen.
Ein Mann war dabei, ein Gitter vor das Fenster zu hängen und den Laden zu schließen. Mit

einem Stab holte er einen Mantel vom Haken, an dem er gehangen hatte, und trug ihn ins Haus und kam wieder heraus und unterhielt sich mit ihr. Und als hätte er etwas vergessen, verschwand er im Laden und kam mit einem umwickelten Bündel zurück, das sie dankbar entgegennahm. Doch er nahm es ihr wieder ab und wickelte es aus dem Papier und trat ein paar Schritte zurück und hielt es ihr stolz entgegen, eine Figur, die er nach allen Seiten hin drehte. Er zeigte sie ihr von nahe und von fern und sah ihr dabei ins Gesicht. Dann wickelte er die Figur wieder ein, und sie strich ihm mit der Hand über die Wange und verabschiedete sich, und schon im nächsten Moment fiel im Haus nebenan das Tor hinter ihr zu. Der Mann sah ihr nach und rüttelte am Gitter seines Ladens und machte sich endlich davon. Aus dem Lokal kamen Gäste, und neue gingen hinein oder setzten sich auf die Terrasse. Auch in ihrem Haus war ein Kommen und Gehen, das Tor ging auf und fiel zu, mit einem Geräusch, das er mochte.
Im Schutz der Weide sah er zu ihrer Wohnung hinauf. Dass dort das Licht angehen würde, dafür war es zu hell. Sie kam auch nicht ans

Fenster, um auf den Platz herunterzusehen. Doch endlich ging das Tor auf und sie kam auf die Straße heraus. Sie trug das Kleid, das sie sich in einem der Geschäfte vor dem Spiegel an den Körper gelegt hatte. Unterm Arm hatte sie die Figur, die sie gerade bekommen hatte, und winkte zur Terrasse hinüber und kam über die Straße auf ihn zu und ging an der Weide und an ihm vorbei die Gasse hinunter in die Richtung, aus der sie gekommen war.
Altwaren stand auf dem Schild über dem Eingang des Ladens, Ankauf, Gold und Silber, Verkauf.
Gläser und Vasen und Luster, damit war das Schaufenster vollgeräumt. Geschirr und Besteck. Im Laden dahinter Tische und Schränke und Vitrinen mit Gläsern und Bechern und Spiegeln. Nashörner und Elefanten, Blumenvasen und Kreuze, eine Madonna, Rosenkränze und Gürtel.
An ihrem Haustor überflog er die Namen und drückte mehrere Knöpfe, und es wurde geöffnet, ohne dass jemand fragte. Die Hand am Geländer stieg er die Stufen hinauf. Im Parterre schlug ein Hund an. Eine Tür öffnete sich und fiel wieder ins Schloss.

Der Schlüssel lag in einem Fach für die Zeitung.
Schon im Stiegenhaus hatte es nach frischer Farbe gerochen. Die Wohnung war ausgemalt worden. Doch die Bilder an den Wänden, die Kommode, der Schrank und die Maske über dem Schrank und in der Mitte des Ganges die Lade mit dem Telefon und darüber die Wand mit den Fotos und die Zeichnungen überall, die Figuren, alles schien an seinem Ort.
Der Anrufbeantworter zeigte drei neue Anrufe. Mit einem Finger fuhr er über den blinkenden Knopf.
Auf dem Spielplatz im Hof, der sich hinter einer Linde in einen Park hinein öffnete, vergruben sich Spatzen im Sand und badeten in den Mulden, die sie mit ihren Flügeln geschabt hatten, und im Wind wiegte sich die Schaukel, zu der sie von der Stelle aus immer wieder hinuntergesehen hatten.
Er kippte das Fenster und entdeckte das Amselnest auf dem Sims, das er eines Morgens unter einem der Bäume gefunden und für sie auf die Schaukel gelegt hatte.
Über die Baumkronen war bis ans Ende des Parks zu sehen und zu dem Teich, um den

herum sie oft gewandert waren, und zu dem Boot, an dem sie dabei immer vorbeigekommen waren und das sie doch nie benutzt hatten, um sich die kleine Ausfahrt für irgendwann später aufzubewahren, und in dem er in der Zeit seither immer wieder gesessen hatte, um von dort aus zu ihrer Wohnung herüberzusehen und auf diese Art diese Fahrt nachzuholen.

Der Geruch von frischem Brot holte ihn in die Küche, in der alles nach Vorbereitungen für ein Essen aussah, die zwei Gläser auf dem Tisch und der geöffnete Wein, inmitten von Pfannen und Tellern und Obst und Gemüse und Fleisch.

Auf der Anrichte lagen die Blumen vom Markt. Die frischte er ein und las eine Liste mit Notizen zum Tagesablauf mit Namen und Orten, in einer Schrift, die nicht ihre war.

Auf dem Herd waren einige Kiesel, die sie von Wanderungen am Fluss und von Reisen mitgebracht hatten, zu einer Art Kegel angeordnet. Oft hatte er sich an ihnen die Hände gewärmt. Einen um den anderen nahm er jetzt in die Hand und dachte an den Ort, an dem sie ihn gefunden hatten.

An den Scheiben der Kommode klebten Fotos von Kindern, die gehalst und geküsst oder zu einem anderen weitergereicht wurden, und auf der Tür zum Balkon waren die Engel, die der Sohn der Vormieterin aufgemalt hatte, durch Käfer ersetzt, die wohl die Fliegen abtöten sollten.

Vom Balkon aus sah er auf die Straße hinunter, auf der er zur Arbeit gefahren war. Entfernt schaltete eine Ampel auf Rot, und er erinnerte sich, wie sie an dieser Ampel gestanden hatten und er bei Rot über die Kreuzung gegangen war, um sich dann umzudrehen und sie eine Zeit aus der Entfernung zu sehen. Es war lange rot, sie hatte gewartet und war weit weg in Gedanken, und er dachte, die ist es.

Zum Schlafzimmer hin stand die Tür einen Spalt offen, die machte er zu.

Auf dem Gang näherten sich Schritte und setzten aus und entfernten sich wieder.

In einem Stapel von Briefen waren auch welche von ihm, und einige davon ungeöffnet. Die machte er auf und legte sie ungelesen zu den anderen und zu den Zeichnungen, die er von ihr gemacht hatte, wenn er an sie dachte oder mit ihr telefonierte.

Auf der Briefwaage lag eine Schachtel mit Fotos, die sah er jetzt durch, und immer wieder legte er ein Bild in die Schachtel zurück, ohne es sich angesehen zu haben, und holte es doch wieder heraus, um es genau zu betrachten und noch einmal und immer wieder von neuem. Die Fotos stammten aus ihrer gemeinsamen Zeit, und doch kam er auf ihnen nicht vor.

Das Telefon läutete, und er hatte die Hand auf dem Hörer, als sich der Beantworter einschaltete und ein zögerndes Atmen zu hören war. Die Fotos aus der Zeit seither zeigten Menschen, die ihm unbekannt waren, nicht immer dieselben, aber einige doch immer wieder, in unterschiedlicher Nähe zu ihr. Meist waren sie auf Festen entstanden, an Geburtstagen, Weihnachten, Ostern und im Urlaub, an verschiedenen Küsten und immer wieder an Orten, die einmal ihre Orte gewesen waren, an einen Baum gelehnt oder mit dem Kopf in der Gabelung eines Baums, im Konzert und in der Galerie, die sie auf dem Weg hierher aufgesucht hatte. An der Menge an Orten und Menschen war die Zeit abzulesen, die inzwischen vergangen war, und ihm fiel auf, wie sehr sich

ihr Gesicht verändert hatte und auf wie vielen Bildern er sie erst bei genauerem Hinsehen erkannte, und so vermied er es, ihr in die Augen zu sehen. Er erinnerte sich, wie er sie einmal hatte fotografieren wollen und wie lange er darauf gewartet hatte, bis ein Moment gekommen wäre, dem man ihre Anspannung nicht anmerken sollte, und wie schwer er sich dabei getan hatte, weil das Kind in ihren Armen endlich fotografiert sein wollte.
Er legte die Bilder in die Schachtel zurück und sah auf die Wand vor sich mit den unzähligen Fotos und erwartete, sich selbst darauf zu finden, doch sahen ihm aus den alten Rahmen dieselben Gesichter entgegen, die er gerade kennengelernt hatte.
Die meisten Orte kannte er nicht, doch einige verband er mit ihr, einen See, eine Lichtung im Wald und eine Wiese, von der er gedacht hatte, dass nur sie beide von ihr wüssten. Doch jetzt lag und stand sie mit diesen anderen dort, lachend und ernst und verschmitzt und allein und zu zweit und mit vielen.
Immer wieder ging er von einem zum anderen auf der Suche nach ihr und nach dem einen, dessen Augen sie suchten, und ein Bild zeigte

die beiden in einer Gruppe von vielen auf eine Weise erschreckt, wie nur Paare es sind.
Im Bad tropfte es. Dem Geräusch ging er nach und setzte sich auf den Rand der Wanne.
Aus der Brause tropfte Wasser ins Becken.
Ehe sie das Haus verlassen hatte, hatte sie noch geduscht. Er drehte den Hahn ab und auf, immer wieder, und hielt eine Hand in den Strahl und den Arm und betrachtete das Kleid, mit dem sie aus der Arbeit gekommen war, und dachte an einen Ausflug in den Zoo, bei dem sie durch Zufall bei der Geburt eines Schafes dabeigewesen waren. Sie hatte ihn darauf aufmerksam gemacht und ihn dabei mit einem falschen Namen gerufen.
Es war düster geworden, und so machte er das Licht an und machte es doch wieder aus, beim Gedanken daran, dass man es von unten aus sehen konnte.
Und vielleicht tat sie das ja, vielleicht ging sie gerade im Park auf und ab oder saß im Café unten und sah zu ihm herauf, jetzt und in diesem Moment und vielleicht schon die ganze Zeit, wie er es immer wieder getan hatte, wenn er sich mit Freunden dort verabredet hatte, um mit ihnen auf der Terrasse zu sitzen,

und in Wahrheit doch nur, um in ihrer Nähe zu sein oder zumindest in ihren Fenstern das Licht an- oder ausgehen zu sehen.
Bis vor das Haus war er ihr öfters gefolgt. Dann hatte er sie durch das Tor gehen gesehen und darin verschwinden, und er hatte auf der Bank unter der Weide oder im Park darauf gewartet, dass sie ans Fenster kommen würde, um die Vorhänge zuzuziehen oder um das Fenster zu kippen und eine Zigarette zu rauchen und auf den Platz herunterzusehen oder zum Spielplatz hinüber, zur Schaukel oder zum Boot, wohin auch immer.
Einmal hatte ihn tatsächlich nur ein Zufall am Haus vorbeigeführt, und im Vorbeigehen hatte er zu ihr hinaufgesehen, und sie war am Fenster gestanden, und für einen Moment war ihm, als hätte sie ihm zugewinkt oder ein Zeichen gegeben. Aber da nicht zu sagen war, ob er gemeint war oder eben doch nicht, war er weitergegangen, ohne noch einmal in ihre Richtung zu sehen.
An die gemeinsamen Orte hatte es ihn lange gezogen, und er hatte sie aufgesucht, in Abständen und immer wieder. Auch das lag nun Jahre zurück.

Am Telefon fragte jetzt verärgert ein Mann, wie lange sie vorhabe, ihn noch warten zu lassen, und ob er heraufkommen solle zu ihr.
Sie kam nicht und würde wohl auch nicht mehr kommen. Was sie mit ihm vorhaben mochte, war nicht zu sagen, und weshalb er sehen sollte, was er hier sah.
Ein paar Tage zuvor hatte sie sich bei ihm gemeldet. Ihre Stimme hatte nüchtern geklungen und hell, wie immer, wenn sie aufgeregt war. Sie hatte ihn gebeten zu kommen, zu der Zeit, zu der sie zuvor das Haus verlassen hatte.
Eines Tages war er gegangen, ohne dass er das bis dahin vorgehabt hatte, ohne Grund, ohne Anlass, und sie hatte darauf verzichtet zu fragen und ließ es geschehen.
Das Telefon läutete. Nach dem ersten Ton hörte es auf. Es roch nach frischer Farbe und nach Brot. Im Bad lief noch immer das Wasser.
Und jetzt war ihm, als drehe sich ein Schlüssel im Schloss.

Eine Tür geht dann auf und fällt zu

Auf dem Weg zu ihren Nachbarn, bei denen ich eingeladen war, hatte mich die Frau abgefangen und zu sich ins Haus gewinkt, wohl, weil sie mich von Weitem für einen Bekannten gehalten hatte, zumindest dachte ich das, doch auch noch in ihrer Wohnung sah sie in mir einen längst überfälligen Gast. Wann immer ich einen Schritt zurückwich, folgte sie mir, und wenn sie mir auch etwas verworren erschien, spürte ich doch, wie aufmerksam sie jede meiner Regungen wahrzunehmen versuchte.

Unmengen von Puppen saßen, lagen und standen in Regalen, die an den Wänden entlang aufgestellt waren und in den Raum hineinragten, und in Nischen, die in Abständen in die Wände eingelassen waren. Auf dem Sofa,

zu dem sie mich führte, und ringsherum auf dem Boden lagen und standen diese Puppen in einem wilden Durcheinander, alte und neue, angezogen und nackt, aber alle unversehrt und intakt. Kinder, Erwachsene, Alte. Einige nahmen offenbar einen Sonderplatz ein, denn die saßen auf eigenen Stühlen und Plätzen, die von den übrigen abgegrenzt waren und so aus der Menge herausstachen.
Meine Kinder, sagte die Frau und nahm eine Figur nach der anderen von ihrem Platz und halste sie kurz und stellte oder setzte sie wieder an ihren Ort. Alle haben sie es zu etwas gebracht, sagte sie, aus allen ist etwas geworden, Salon Anny, Salon Elly, Salon Gerda, und alle sind sie bei mir. Sie setzte sich auf das Sofa, und mit einer Kleiderbürste kämmte sie ihnen das Haar.
Eine ganze Weile stand ich vor ihr, bis sie mir anbot, mich auch zu setzen. Die Pflege ihrer Kinder lenkte sie ab, doch zwischendurch sah sie mich immer wieder lange und eindringlich an, wohlwollend, offen und mit einem Interesse, das ich schon lange nicht mehr um meine Person verspürt hatte, wenn ihr Interesse auch nicht mir gelten konnte,

weil sie jemanden in mir sah, der ihr bekannt und vertraut war und den sie nun nach langer Zeit endlich wieder zu sehen bekam.
Die Zuneigung, mit der mich die Frau betrachtete, war schwer auszuhalten, denn ich war längst dabei, meinen Besuch zu beenden.
Ich hole Karl, sagte sie nach einer Zeit, in der wir uns wortlos gegenübergesessen hatten, deshalb sind Sie doch hier?
Ich wusste nicht, was sie damit meinen konnte, aber eine Antwort wartete sie gar nicht erst ab und stand auf und ging aus dem Raum und ließ mich inmitten ihrer Puppen allein. Möbel wurden verschoben und Truhen geöffnet, das Knarren eines Kastens oder eines Fensters war immer wieder zu hören. Ungehörig lange ließ sie mich so mit mir und mit ihren Puppen allein, und ich überlegte mir, wie ich mich davonmachen könnte, ohne die Frau unnötig zu kränken, denn immerhin wurde anderswo auf mich gewartet.
Karl würde es mir nicht verzeihen, wenn er Sie jetzt durch mich versäumt hätte, daran möchte ich nicht schuld sein, verstehen Sie mich, hörte ich sie jetzt durch die Tür. Er wartet schon so lange auf Sie, von Kind an, und all

die Jahre über fragt er nach Ihnen und fragt er mich nach Ihnen aus.
Um besser hören zu können, stand ich auf und lehnte mich gegen die Tür.
Warum Sie sich abgewandt haben damals, sagte sie, das hat er mich ständig gefragt. Ich kann ihm doch darüber nichts sagen. Die ganze Zeit hat er gewartet, und jetzt endlich sind Sie doch da. Er macht sich nur rasch für Sie zurecht, sagte sie, wissen Sie, er hat mir schon nicht mehr geglaubt, dass es Sie gibt überhaupt, für ihn gibt, meine ich.
Eine Zeit war es still in dem Zimmer, und ich hatte die Hand schon an der Klinke der Haustür, als die Frau zurückkam. Sie hielt eine Puppe im Arm, wie ein Kind, damit ging sie auf mich zu und nahm mich an der Hand und sah mir verlegen und nicht ohne Stolz in die Augen, dann führte sie mich zum Sofa, auf das sie sich setzte, und bat mich, dasselbe zu tun. Ich setzte mich auf den Stuhl gegenüber und wusste nicht, wie ich jemals wieder wegkommen sollte von dort.
Das ist Karl, sagte sie und fuhr der Puppe behutsam durchs Haar, und unwillkürlich strich ich mir mit derselben Bewegung die Haare aus der Stirn.

Sehen Sie ihm ins Gesicht, sagte sie.
Die Puppe trug meinen Namen, und wie ähnlich sie mir sah, erkannte ich jetzt, nachdem mich die Frau darauf aufmerksam gemacht hatte.
Eines Tages kommt er zurück, habe ich ihm immer gesagt, sagte sie und strich ihm die zerknitterte Weste zurecht. Warum Sie sich abgewandt haben, und jetzt, dass Sie nun da sind, daran muss er sich erst gewöhnen. Er ist überfordert damit, dass es endlich doch soweit ist, deshalb sagt er auch nichts. Aber ihr werdet euch aneinander gewöhnen. Oft ist es nicht leicht, dann fragt er und fragt, sagte sie und starrte plötzlich wie teilnahmslos vor sich hin und durch mich hindurch, als wäre ich nicht mehr vorhanden.
Ich heiße Karl, sagte ich, doch die Frau ging nicht darauf ein, und ich wusste nicht, wie ich umgehen sollte mit dem, womit sie mich konfrontierte, und mit meinem neuen Freund, den ich wohl schon dabei war, näher kennenzulernen.
Schlecht ist er nicht, sagte sie, eigen, ja, aber das wissen Sie ja, und schließlich, er hat niemanden außer Ihnen. Und er wartet, seit damals, als

Sie sich abgewandt haben. Damals lief er mir zu. Er kann Ihnen das noch nicht sagen, diesmal noch nicht. Aber das legt sich, wo Sie endlich gekommen sind. Und jetzt lasse ich euch beide allein, sagte sie und stand auf und ging aus dem Zimmer. Die Puppe hatte sie auf das Sofa gesetzt, auf den Platz, auf dem sie gesessen hatte, und jetzt sah ich, sie glich mir aufs Haar und war angezogen wie ich. Auf dem Sofa saß sie mir gegenüber und sah mir interessiert in die Augen, und mir war danach, nach ihr zu greifen und sie kurz zu berühren, doch im selben Moment scheute ich davor zurück.

Die Ähnlichkeit zwischen uns war verblüffend genug und schien sich noch zu verstärken, je öfter und genauer ich hinsah.

Karl, dachte ich. Der kleine Kerl trug meinen Namen. Ich sah ihm in die Augen, und in dem Moment erinnerte ich mich, wie meine Mutter mich als Kind mit dem Namen meines Bruders angeredet hatte, wenn sie aufgeregt war oder wenn sie mich strafen wollte. Mit den Jahren hatte ich mich daran gewöhnt. Und jetzt, seit sie in einem Heim lebte, tat sie das häufig, und oft war nicht zu sagen, ob sie sich versprochen hatte oder ob sie mich tatsächlich für meinen Bruder hielt.

Diese Erinnerung empfand ich so stark, als hätte ich es gerade eben zum ersten Mal erlebt. Durch ein Geräusch aus dem Nebenraum schreckte ich auf, und jetzt merkte ich erst, wie spät es schon war und wie sehr ich die Zeit übersehen hatte. Ich rief nach der Frau und klopfte gegen die Tür, doch dahinter rührte sich nichts, und so schrieb ich ein paar Worte auf einen Zettel, in denen ich versprach wiederzukommen, den legte ich meinem Doppelgänger auf den Schoß und machte mich endlich davon.

Für den Besuch bei meinem Schulfreund war es zu spät, und mir war jetzt auch nicht mehr danach, nicht nach dieser Begegnung. Die Frau war offenbar ohne Anhang und war einsam und allein, und so viel sie mir auch von ihren Kindern erzählt haben mochte, so wenig war davon zu glauben. Doch als ich nach einigen Gassen an einem Salon Anny vorbeikam, der mir bis dahin nie aufgefallen war, und ein paar Straßen weiter an einem Salon Elly, Friseursalons, wie auf den Schaufenstern zu lesen war, war auch das nicht sicher zu sagen. Die Geschichte ging mir nach und beschäftigte mich, und immer wieder kam mir die Frau in den Sinn, in Momenten und Situationen, die nichts mit ihr zu tun hatten, und von Mal zu Mal fiel es mir schwerer, sie nicht spontan aufzusuchen, wie ich es ja versprochen hatte. Die Frau tat mir leid, und eine ganze Weile glaubte ich, dass das der Grund dafür war, dass sie mir nicht aus dem Kopf gehen wollte, doch schon bald spürte ich, dass das auch geschah, weil ich mir etwas von ihr versprach, denn immerhin war ich mir durch Karl in ihrem Haus begegnet, wie ich mich zuvor noch nicht gesehen hatte. Und diese Begegnung war es, die mich so stark hinzog zu ihr. Bei allen möglichen und unmöglichen Gelegenheiten fiel sie mir ein. Wenn einer alten Frau aus einem Bus geholfen wurde, dachte ich an sie und daran, dass sie wohl nirgends mehr hinfahren könnte, allein. Oder in einem Lokal, als mir eine Frau von einem Nebentisch aus zulächelte, wohl weil ich sie dabei beobachtet hatte, wie ihr der Ring, mit dem sie gespielt hatte, aus den Fingern geglitten war und sie ihn gerade noch hatte auffangen können. Verlegen blinzelte sie mir zu, und ich lächelte zurück und dachte in Wahrheit an diese Frau und daran, wie sie wohl in diesem Moment inmitten ihrer Puppen in ihrem Haus sitzen mochte mit Karl auf dem Schoß, von dem ich nicht wusste, ob er zu ihr gehörte oder zu mir. Meiner Frau gegenüber erwähnte ich von all dem kein Wort. Meine Begegnung behielt ich für mich, denn sie hatte zu viel mit mir zu tun, als dass ich sie hätte gefährden wollen dadurch, dass ich sie mit jemandem teilte, zumindest nicht, ohne mich zuvor noch einmal der Tatsachen vergewissert zu haben.

Die Entschuldigung bei meinem Schulfreund nutzte ich, mich erneut einladen zu lassen und einen Vorwand zu haben, noch einmal an ihrem Haus vorbeizukommen.

Diesmal kam ich der Einladung nach, und vom ersten Moment an waren wir einander so fremd wie schon während der gemeinsamen Schulzeit, und ich fragte mich, warum ihm so viel an meinem Besuch gelegen sein konnte, wie er es immer wieder behauptete. Umso mehr bemühte sich seine Frau, mich die Unhöflichkeit ihres Mannes nicht spüren zu lassen, bis ich sie auf ihre Nachbarin ansprach und es mir damit offenbar auch mit ihr verdarb.

Die kleinere der beiden Töchter, die sich bis dahin ständig in meiner Nähe aufgehalten und mich immer wieder wie zufällig mit einem Arm oder einer Hand gestreift hatte, rückte nun von mir ab und weigerte sich daraufhin, schlafen zu gehen, aus Angst vor der bösen Frau, wie es hieß, und als es irgendwann doch soweit war und sie den Gang ins Schlafzimmer antreten musste, sträubte sie sich schreiend und mit Händen und Füßen dagegen, und immer wieder kam eines der Mädchen aus seinem Zimmer in die Runde zurück, um sich von der Mutter trösten zu lassen, und wohl auch, um nichts zu versäumen von dem, was es über die alte Frau vielleicht noch zu hören gab. Hinter ihren halb geschlossenen Läden steht sie am Fenster und beobachtet den ganzen Tag über das Geschehen rund um das Haus, erzählte meine Gastgeberin, von dort aus hat sie alles im Blick, sagte sie, und die Kinder fürchteten sich vor der Frau, weil sie sie immer wieder zu sich ins Haus gelockt und auf eine Art erschreckt und verstört hatte, die aus den Kindern nicht herauszubringen war. Heute hat sie wieder geschaut, sagte das Mädchen, bis hierher und in mein Zimmer

hinein, sagte es und kroch seiner Mutter auf den Schoß und hielt sich an ihrem Arm und ließ mich nicht aus den Augen.
Du weißt, dass das nicht stimmt, sagte die Mutter, in dein Zimmer kann man nicht hineinsehen, nicht von dort aus, und sie versuchte das Kind damit zu beruhigen, dass die Frau schon bald aus der Gegend wegziehen würde, denn ihr Haus sei in der Zeitung zum Kauf angeboten, und dass sie niemanden habe, der sich für sie interessierte, und sie deshalb Geselligkeit suchte. Die Kinder beruhigte das nicht, und so versprach sie, an einem der nächsten Tage mit der Frau zu reden.
Nun wollte ich doch wissen, was war, und so stand ich in den Tagen darauf mehrmals vor dem Haus dieser Frau, um doch nur wieder kehrtzumachen und mich wieder nicht auf sie einzulassen. Immer hatte ich Blumen dabei, von denen wusste ich immerhin, dass sie die mochte. Und dann doch, wieder stand ich vor ihrem Gatter und war gerade dabei aufzugeben, doch hatte sie mich diesmal gesehen und von ihrem Fenster im ersten Stock aus zu sich ins Haus gewinkt. Wieder schaffte ich es nur mit Mühe, das schwere Gatter in den Garten

hinein aufzumachen, und ich dachte, dass es für die Frau ohne Hilfe unmöglich sein musste, das Grundstück zu verlassen.
Sie erwartete mich vor dem Haus und erkannte mich wieder, und wie schon einmal bat sie mich in das Haus und nahm mir die Blumen aus den Händen und schloss die Tür hinter sich und war verschwunden. Ich ging eine Zeit vor dem Haus auf und ab, doch diesmal brauchte ich nicht zu klopfen, um sie an mich zu erinnern, die Tür öffnete sich wie von selbst, und die Frau stand im Gang und hielt mir eine Vase mit meinen Blumen entgegen. Während sie in einem der Zimmer verschwand, in einem anderen als bei unserer ersten Begegnung, folgte ich ihr in die Wohnung. Wieder ließ sie mich mit ihren Puppen allein, doch diesmal machte das nichts, denn ich nutzte die Zeit, um mich umzusehen und zu vergewissern, ob alles tatsächlich so war, wie ich es in Erinnerung hatte. Und so war es, die zahllosen Puppen, die Regale und Schränke, die Nischen, die Vorhänge überall, durch die die einzelnen Bereiche voneinander abgetrennt waren und hinter denen sich weitere Puppen verbargen, und einige Truhen und

Schränke, die mir beim ersten Mal nicht aufgefallen waren.
Ich ging die Regale ab und griff in die Schränke hinein, und immer wieder holte ich mir eines ihrer Kinder heraus und war froh, kein bekanntes Gesicht zu sehen.
Die meisten der Puppen waren alt und mehr oder weniger gepflegt, einige waren verwahrlost oder vernachlässigt, andere herausgeputzt, und auf einigen lag Staub, während andere wie blank poliert und frisch gekämmt wirkten. Offenbar war über eine lange Zeit unterschiedlich mit ihnen umgegangen worden, aber alle waren sie mit einer Patina überzogen, die wohl von vielen Berührungen herrührte. Mit einigen machte ich mich nun vertraut, und Anny und Elly und Gerda kannte ich von der ersten Begegnung. Eine Figur nach der anderen nahm ich mir vor und betrachtete sie und staunte jedes Mal wieder über die Lebendigkeit, mit der sie mir entgegensahen. Und doch machte sich mit der Zeit eine Unruhe in mir breit, die sich erst legte, als ich Karl unter all den Puppen entdeckte und also klar war, dass ich in Wahrheit wohl schon die ganze Zeit über nur nach ihm gesucht hatte. Er saß

auf seinem Platz, auf dem Sofa, und es war, als hätte er diesen Platz seit unserer letzten Begegnung nicht verlassen. Vor sich auf dem Schoß hielt er die Blumen, die mir die Frau bei meinem ersten Besuch abgenommen hatte und die inzwischen vertrocknet und eingegangen waren. Dort saß er und sah mir freundlich entgegen, und ich trat näher und bückte mich zu ihm hinunter, und in dem Augenblick, in dem sich unsere Finger berührten, kam die Frau aus dem Zimmer zurück.

Ich setzte mich auf meinen Platz, der mir wohl von Anfang an zugedacht war, auf meinen Stuhl, und dachte, sie würde mir wieder Karl zeigen wollen, doch hielt sie eine andere Puppe im Arm. Sie setzte sich, und ich wusste, auch diese Puppe war Karl, nur war er einige Jahre jünger diesmal. Auch er glich mir aufs Haar und war identisch mit mir, nur zeigte er mich eben einige Jahre zuvor und war angezogen, wie ich mich zu der Zeit angezogen hatte.

Die beiden saßen vor mir, die drei eigentlich, und sahen mich an und sahen mir in die Augen, und ich sah mich auf einer Lichtung in einem Wald, ich stehe hinter mir und

sehe mich stehen und sehe, ich bin nicht allein. Jemand steht vor mir, eine Frau, regungslos steht sie vor mir, ich kenne sie nicht, oder doch, sie steht vor mir und sieht mir entgegen, sie steht steif und starr und mit anliegenden Armen, wie ich, sehe ich, sie steht vor mir und sieht mich oder sieht sie mich nicht, lange stehen wir so, unbeweglich, erstarrt, aufeinander fixiert, ich sehe es von hinten, von mir aus, und sehe, ich wende mich ab, mein Kopf dreht sich und wendet sich ab, von ihr ab, sie steht immer noch und bleibt stehen, ich sehe das Gras und die Stämme der Bäume um uns und sehe zu Boden und spüre, ich drehe mich um, spürte ich, und sah in die Augen der alten Frau, die vor mir saß und mich mit einem Lächeln empfing, und war erschöpft und gelöst und erleichtert, befreit, wovon immer, die Frau sah mir in die Augen und rührte sich nicht, und endlich fuhr sie sich mit einem Finger an die Lippen und bedeutete mir, still zu bleiben, und stand auf und ging aus dem Zimmer und war für diesmal verschwunden.
Was nun zu tun wäre, wusste ich nicht, und was gerade geschehen war, dafür hatte ich keine Erklärung, doch dass es mit mir zu tun

hatte, war klar, und das schreckte mich ab und das zog mich an, davon wollte ich mehr, und so war ich von nun an öfters bei der Frau zu Besuch. Ihre Wohnung wurde zu unserem Ort, dort saßen wir uns gegenüber, und jedes Mal wiederholte es sich, immer gleich, sie saß mir gegenüber, und immer ging ich dann hinter mir her. Fremd war mir das nicht, schon als Kind war mir immer wieder gewesen, als folgte ich mir und ließe mich dabei nicht aus den Augen. Und so war es auch jetzt, ich stand hinter mir und ging hinter mir her, unbeteiligt, neutral, ohne jedes Gefühl, ohne Regung, und was ich zu sehen bekam, war mir bekannt und doch nicht, ich erkannte es wieder und wusste, das habe ich erlebt, und wenn die Handlung abbrach, wusste ich doch nichts über deren Fortgang zu sagen.

Ich sah diese Frau und die Puppe auf ihrem Schoß und betrachtete das Kind, das ich war, hinter dem gehe ich her, es ist ein Garten, ein Haus und ein Weg zu dem Haus, immer gleich, eine Tür geht dann auf und fällt zu, und ein Gang, eine Treppe, ein Zimmer. Ein anderer Ort, es gibt viele, eine Wiese am Rand eines Waldes, eine Lichtung, eine Frau steht vor mir,

die macht einen Schritt auf mich zu, ich will weg von dem Ort und komme doch ständig zurück all die Jahre seither.
So seltsam diese Begegnungen waren, so sehr war mir danach, sie fortzusetzen und zu wiederholen, und jedes Mal konnte ich es kaum erwarten, dass die Frau in einem der Zimmer verschwand, um nach einer Zeit wiederzukommen und mich sehen zu lassen, was war. Karl saß mir gegenüber auf ihrem Schoß und war einmal jünger und älter, das wechselte von Mal zu Mal und war so wenig vorherzusehen wie die Geschichte, mit der sie mich konfrontierte.
Erklärungen würde es hier keine geben, also fragte ich nicht, schon aus Furcht, sie könnte mir dieses Spiel vorenthalten, und akzeptierte, dass sie nur dasaß und schwieg und mich mir dabei zeigte. Was ich sah, erlebte ich noch einmal, nur eben geschützt dieses Mal, und auch nicht, denn ich wusste, was auch immer ich zu sehen bekam, eingreifen konnte ich nicht. Und die Straße, das Haus mit dem Garten, der Gang und die Treppe, das Zimmer und die Wand, vor der ich zu stehen kam jedes Mal, um zu wiederholen, was war, und um es

noch einmal zu sehen und immer wieder aufs Neue zu sehen.
Ich klopfte, sie hieß mich willkommen, und mit der Zeit öffnete sie, noch ehe ich an die Tür klopfen konnte, oder die Tür stand von vornherein offen. Ich trat ein und setzte mich auf meinen Stuhl und richtete mich dort ein, jedes Mal, und eine ganze Weile war ich dann mit mir allein, als wartete sie, bis ich mich eingelebt hätte, dann kam sie aus einem der Zimmer und grüßte und setzte sich auf das Sofa, ohne ein Wort, immer gleich, und wenn es geschah und sie mich mir zeigte, als die Puppe, die ich dann war, saß ich auf ihrem Schoß, und sie wurde Zeuge von dem, was vor ihren Augen mit mir geschah, dabei fuhr sie mir mit den Händen durchs Haar, und während ich in die Bilder abtauchte und in ihnen aufging und verschwand, ließ sie mich nicht aus den Augen, in diesen Blick hinein tauchte ich ab, und in ihre Augen hinein wachte ich auf, Stunden später, von denen ich mir nicht erklären konnte, womit die vergangen sein konnten und was in dieser Zeit wirklich geschah.
Immer war Karl mit dabei, der sah mich an, und ich erinnerte mich an einen bestimmten

Moment und erkannte die Situation, in die ich nun abtauchen würde, und den Ort, an dem ein Teil meiner Geschichte unauffindbar geworden war, dort traf ich mich an, als das Kind, das ich war, und sehe mich laufen, ich sitze und gehe zwischen Bäumen umher, dieselben Bilder, immer wieder von vorn, dieses Haus und der Garten davor und das Zimmer, die Wand, immer gleich, und immer werde ich gehoben dabei und gesenkt und gehoben, gesenkt, schwerelos. Damit brach die Erinnerung ab jedes Mal, und ich schlug in der Gegenwart auf, vor den Augen der Frau, die mich mit einem Lächeln empfing.

Wir saßen uns gegenüber, wir schwiegen und sahen uns an, und ich erinnerte mich und wusste im Nachhinein doch nicht zu sagen, woran.

Was mich zu der Frau hinzog, wusste ich nur allzu gut, denn sie hatte mir etwas zu bieten, und das tat sie, und ich nahm ihr Angebot an, doch was sie dazu bringen mochte, sich derart auf mich einzulassen, wusste ich nicht.

Meiner Frau gegenüber wurde ich noch verschlossener, als ich es ohnehin war. Sie hatte mich im Verdacht, eine andere Frau sei im

Spiel, und falsch war das ja nicht, wenn auch in Wahrheit ich es war, der im Spiel war, und auf eine Weise, die ich bis dahin nicht an mir gekannt hatte.
Mit den Eigenheiten der alten Frau kam ich immer besser zurecht, doch dauerte es noch eine ganze Weile, bis ich erkannte, wie schwach und gebrechlich sie war und wie begrenzt unsere gemeinsame Zeit in Wahrheit schon war. So vieles wollte ich wissen und noch einmal erleben und sehen, und wenn ich vor ihren Augen aufwachte und sie dann aufstand und aus dem Raum ging und dann wie immer für lange verschwand, eine Zeit, in der ich die Wohnung für mich allein hatte, nutzte ich die, um mich mit den anderen Puppen zu befassen, und immer öfter dachte ich nun daran, wie viele Menschen wohl schon auf meinem Stuhl gesessen haben mochten. Die seien ihr im Lauf der Jahre zugelaufen, wann immer sich jemand von sich abgewandt habe, aus welchen Gründen auch immer, erzählte sie mir. Sie sind hier, sagte sie, und was ihnen geschehen ist, auch. Einige besuchen mich täglich, seit Jahren, jeden Tag, jede Nacht, in den Träumen, im Schlaf, dann kommen sie zu

mir, sagte sie, hier können sie bleiben, hier geschieht ihnen nichts, was ihnen nicht längst anderswo geschehen wäre.

Eines Tages öffnete ich einen Schrank, in dem sie immer wieder gewühlt und nach etwas gesucht hatte, ich machte ihn auf, und Karl sah mir darin aus vielen Gesichtern entgegen. Die Puppen, in denen ich ein Kind war, waren abgegriffen und alt und ihre Kleider abgewetzt und zerschlissen, penibel geordnet lagen und hingen sie in dem Schrank, die ersten Schuhe, an die ich mich erinnerte, weil ich oft damit fotografiert worden war, unter Pullovern und Hemden und Jacken und Hosen so lange vergangener Jahre.

Immer sprach die Frau von ihren Kindern, wenn von den Puppen die Rede war, doch als ich sie einmal nach ihren Töchtern fragte, von denen sie bei unseren ersten Begegnungen immer wieder gesprochen hatte, reagierte sie nicht, und als ich wieder einmal an einem Salon einer ihrer Töchter vorbeikam, ging ich hinein, Salon Anny, ich betrat das Lokal, und eine Frau kam auf mich zu, die mir den Mantel abnahm, ich hatte zu warten und setzte mich in eine Ecke des Raumes, nahm eine

Zeitung und betrachtete von meinem Platz aus das Geschehen in dem Lokal, und tatsächlich erkannte ich nach einer Zeit in einer der Frauen ihre Tochter, weil sie wie die Puppe aussah, die ich noch am Tag zuvor bei ihr gesehen hatte. Bis in die Kleinigkeiten der Kleidung hinein schien sie identisch mit ihr, ihre Stimme hatte den Klang ihrer Mutter, und als sie am nächsten Morgen als Puppe vor mir stand, hatte ich noch ihre Stimme im Ohr. Wenn ich mich auch nicht danach fühlte, so war doch auch ich zu einer ihrer Puppen geworden, oder ich war es schon immer gewesen, sie setzte mich auf ihren Schoß, und ich ließ es zu, denn sie schenkte mir etwas dafür, das ich wollte und mit jedem Mal mehr haben wollte, mich selbst, und so saß ich ihr gegenüber und sah, wie ich als die Puppe, die ich für sie war, auf ihrem Schoß saß und sie mir zärtlich durchs Haar fuhr und mich streichelte und liebkoste, und so lange ich ihr gegenübersaß, war mir das recht und tat gut, doch kaum hatte ich das Haus verlassen, zog es mich zu ihr zurück, und das wusste sie, und sie wusste es nicht, es war jedes Mal anders, sie war mir nahe und entfernt zugleich, sie ließ mir

den Platz, den ich brauchte, und drängte mich nicht, doch mich drängte alles zu ihr und an diesen Ort, an dem etwas von mir verborgen und durch sie endlich auffindbar war, und so versuchte ich in allem, dem nachzukommen, was die Frau von mir wollen könnte, und hatte Gefallen daran. Ich fühlte mich ihr verwandt und von ihr verstanden, und wenn nicht verstanden, so war ich immerhin nicht in Frage gestellt. Ich war ihr ausgeliefert und setzte mich ihr weiterhin aus und den Bildern, die sie mir von mir zeigte, und so besuchte ich sie jeden Tag, und bald war es, als lebte ich mit ihr zusammen.
Meine Frau stellte mich eines Tages zur Rede, doch mir schien, den eigentlichen Grund meiner Veränderung wollte sie gar nicht wissen, und so gab ich ihr die Frau auch nicht preis, denn zerstören wollte ich nichts, das nicht ohnehin schon ausgelöscht war. Und als ich der Frau am nächsten Tag gegenübersaß, lächelte sie zufriedener als sonst, wie mir schien.
Was uns in Wahrheit miteinander verband, war nicht zu sagen, wir bedingten einander, ohne zu wissen, warum, und wenn ich bei ihr war, das Haus verließen wir nicht, im

Gegenteil, nur in dem abgeschlossenen Bereich ihrer Wohnung konnten wir für uns sein, unter uns, bis auf die Kinder aus der Umgebung, die ihr nachstellten und nicht ablassen konnten von ihr. Immer wieder kam es vor, dass ein Junge in den Garten geschlichen kam und sich an eines der Fenster heranwagte und sich die Hände wie Scheuklappen um die Augen hielt und die Stirn gegen das Glas drückte, um besser hineinsehen zu können. Ich sehe sie, rief er dann, sie ist drin, und schrie auf und schlug mit der Faust gegen das Fenster und war auch schon wieder verschwunden, um aus einiger Entfernung eine Handvoll Kiesel gegen die Hauswand zu werfen. Die Frau tat jedes Mal, als nähme sie nichts davon wahr, was nicht sein konnte, und einmal, als die Kinder es besonders arg trieben, ging ich ans Fenster und öffnete es mit einem Ruck, und im selben Moment flogen einige Steine in die Stube herein auf den Boden und auf eine Puppe, die ich bis dahin nicht wahrgenommen hatte und in der ich den Jungen erkannte, der die Steine geworfen hatte. Die Kinder hatten Angst vor der Frau, und die hatten sie mit der Zeit auch vor mir, merkte ich, weil sie mich mit ihr verbanden. Wenn sie mir auf der Straße begegneten, gingen sie mir aus dem Weg, und sie machten sich einen Sport daraus, meinen Blick auszuhalten, ohne zu grüßen. Bei meinen seltenen Besuchen bei meinem Schulkameraden zogen sich seine Töchter wie verschüchterte Tiere hinter Stühle oder hinter ihre Eltern zurück, die mir mit jedem Mal reservierter erschienen, sodass ich sie nicht mehr aufsuchte und einen anderen Weg nahm, wenn ich meine Freundin besuchte.

Wenn ich das Haus verließ, jedes Mal blieb ein Teil von mir dort zurück, und dieser Teil fehlte mir in der Zeit, in der ich nicht bei ihr war, die mir in Wahrheit doch vollkommen unbekannt war, und fremd eigentlich in so vielem, und mit der mich nichts verband als ihr Wissen um mich und die Möglichkeiten, die sie mir gab, indem sie mich mit mir konfrontierte, wie kein anderer Mensch mich gesehen haben konnte jemals. Ich fühlte mich sicher bei ihr und auch nicht, denn welches Ziel sie mit all dem verband und weshalb sie sich derart einließ auf mich, davon hatte ich keine Ahnung.

Eine leere Wand. Davor fand ich mich ein jedes Mal, damit fängt es an. Meine Augen gehen die Wand ab, von oben nach unten, von unten nach oben, ich werde gehoben, gesenkt und gehoben, gesenkt, immer gleich, und von näher, von fern, davon wachte ich auf und sah in die Augen der Frau, die Karl in ihren Händen hielt und ihn senkte und hob und an sich drückte und rieb, und ich sah, dass sie mit ihm genau das getan hatte und tat, was ich eben erlebt hatte. Das irritierte mich, doch aus Furcht, sie könnte mich mir entziehen, tat ich, als hätte ich nichts gemerkt.

Von da an veränderte sich die Frau. Immer öfter kam es nun vor, dass sie mir auf dem Sofa gegenübersaß und mir zulächelte, während sie Karl streichelte und liebkoste, ihre Zunge kam dann aus dem Mund und leckte mir kurz entgegen, damit fuhr sie Karl übers Gesicht. Jetzt zeigte sie mir, wie sie das Kind hob und senkte und hob und gegen sich drückte, ohne die Augen auch nur einen Augenblick von mir zu nehmen.

Eine Zeit blieb ich jetzt fern und nötigte mir die Distanz ab, die ich brauchte, doch umso stärker zog es mich zu ihr hin, und so kam ich wieder zurück und gab nach und wehrte mich nicht und gab weiter vor, es sei nichts geschehen, und sie tat, als sei nichts geschehen, und wir saßen uns gegenüber wie bisher, und sie strich Karl mit der Hand über den Kopf und sah mir in die Augen und nahm die Finger des Kindes in den Mund und küsste sie zärtlich und lang und saugte daran, schmatzend leckte sie an dem Händchen, das sie sich in den Mund schob und wieder heraus und das in ihrem Mund zu schmelzen begann, es wurde kleiner und kleiner, je öfter und länger es darin verschwand, die Finger schmolzen und wurden Stümpfe und Knollen und lösten sich auf und waren endlich verschwunden, liebevoll leckte und sog sie daran und führte sich nun die Hand in den Mund, die sich auflöste und in ihr verschwand. Sie war ganz bei sich, wie es schien, und bei dem, was gerade geschah, sie aß und hatte Gefallen daran, und immer aufs Neue saß ich nun vor ihr und sah zu, wie ich in ihr verschwand und wie sie dabei zunehmend vor meinen Augen verfiel, und schon bald saß sie nahezu regungslos auf ihrem Sofa inmitten wahllos herausgegriffener Puppen und lächelte vor sich hin und fingerte über den Kopf und das Gesicht des jeweiligen Körpers hinweg, der gerade in ihr verschwand. Wenn ich sie jetzt besuchte, blieb sie hinter ihrem Lächeln verschwunden, und die Zunge, die ihr immer wieder aus dem Mund kam und mir entgegenleckte, meinte wohl nicht mehr mich, sondern alle.

Vielleicht diesmal, vielleicht jetzt

Walter kommt nicht, und damit kämen wir gut zurecht, lebten nicht unsere Eltern von nichts anderem als vom Gedanken an ihn und von der Hoffnung, dass er doch noch einmal auftauchen könnte, wenn wir uns bei ihnen treffen, und damit vollzählig zu sein, die ganze Familie, alle, als gehörten wir zusammen und als wären wir eins, einmal noch oder einmal überhaupt, denn so war es nicht, nie.
Wenn ich sie besuche und wie beim letzten Mal vorschlage, am Tag darauf gemeinsam zu meiner Schwester zu fahren, um deren Geburtstag zu feiern, dann freuen sie sich, denn nichts ist ihnen wichtiger als der Zusammenhalt ihrer Kinder, und so vereinbaren wir, am Tag darauf die Schwester zu überraschen und den Bruder, und auch den anderen Bruder

vielleicht, wenn noch Zeit bleiben sollte, denn der wohnt etwas weiter entfernt.
Du weißt, wie gern ich euch beisammen weiß, sagt Mutter und erzählt, was sich in der Zeit meiner Abwesenheit bei ihnen zugetragen hat, und wir kommen uns näher und nah, und nach einer Zeit wird sie schweigsam und still, und Vater sagt, vielleicht ist es besser, ihr beide fahrt und ich bleibe daheim, es könnte sein, Walter schaut morgen vorbei, und am Morgen darauf fahren wir nicht zu meiner Schwester, denn Mutter lässt Vater nicht gern allein, und Onkel Walter will auch sie nicht versäumen, wenn er schon einmal kommt, wie sie sagt, und so bleiben sie beide daheim und im Haus, und ich bleibe bei ihnen, und meine Schwester kommt zu Besuch, um ihren Geburtstag im Haus der Eltern zu feiern und nicht bei sich, wie sie sich das über Jahrzehnte gewünscht hat.
Schon immer blieb einer von beiden im Haus zurück. Zu zweit haben sie das Haus, seit ich denken kann, nicht verlassen, und seit einer Zeit verlassen sie es nun auch einzeln nicht mehr, aus Angst, Walter könnte kommen und sie wären nicht da.

Wollen wir sie sehen, müssen wir zu ihnen kommen, und das tun wir, Gelegenheit dazu gibt es oft, der Geburtstag des Vaters und der Geburtstag der Mutter, ihr Hochzeitstag, der Geburtstag meines Bruders und meines anderen Bruders, der Onkel Walter sehr ähnlich sehen soll, wie es heißt, Namenstage, Hochzeiten und Taufen, Allerheiligen und Allerseelen, Weihnachten, Ostern und Pfingsten, Anlässe gibt es genug, und wir nehmen sie wahr. Von überall her machen wir uns auf den Weg und finden uns im Haus unserer Eltern zusammen.

Neben Walter hat Vater noch einen Bruder und eine Schwester, die sind bei jedem Fest mit dabei, und die Söhne und Töchter der beiden, die Cousinen mit ihren Kindern, die Neffen, der Großonkel, alle, das heißt, eben nicht alle, denn immer ist es Onkel Walter, der fehlt, und so unwahrscheinlich sein Kommen nach all den Jahren auch ist, so beharrlich sind sie in ihrem Verlangen nach ihm und in der Hoffnung, dass es ihm diesmal und heute und jetzt eben doch noch ausgehen könnte vielleicht. Doch Walter kommt nicht, zumindest nicht in der Zeit, in der wir bei ihnen sind. Sein Feh-

len wiegen wir alle, die wir da sind, nicht auf, und so sehr wir uns auch bemühen, sie von ihm abzulenken und ihn vergessen zu machen, es gelingt uns doch nicht. Wir anderen zählen schon auch, und zählen doch nicht verglichen mit ihm, denn Walters Abwesenheit lässt uns alle verschwinden und unsichtbar werden in den Augen der Eltern und vor uns selbst. Die Abwesenden werden registriert und zur Kenntnis genommen, und auch nur bis zu dem Zeitpunkt, an dem der jeweilige zur Tür hereinkommt, um in der wartenden Gruppe aufzugehen und darin zu verschwinden. Das Spiel ist immer dasselbe, wer ist da und wer nicht, wie viele sind wir denn schon, und wer wird denn noch kommen vielleicht und wer nicht. Die Namen der anderen werden genannt, doch gemeint ist immer nur er. Nach Walter fragt man nicht, darauf hat man sich vor langer Zeit stillschweigend geeinigt. Von uns aus fällt über Walter kein Wort. Doch die Eltern fangen jedes Mal von ihm an, und so wird von da an eben doch von nichts anderem als von Walter gesprochen.
Im Haus und vor dem Haus und im Garten sitzen wir einander gegenüber und warten und

tun so, als täten wir gerade das nicht, wir haben einander vor Augen und versuchen uns miteinander zu begnügen und genügen uns nicht, wie denn auch, warten wir doch nur gemeinsam auf einen anderen, am Vormittag, nachmittags, bis zum Abend und nachts, ohne ihn mit einem Wort zu erwähnen oder eben von nichts anderem zu reden als von ihm, an den Festtagen und Feiertagen des Jahres und in den Zeiten dazwischen über all die Jahre und Jahrzehnte hinweg, die es uns gibt. Und schaffen wir es einmal, beisammen zu sein ohne einen Gedanken an ihn, reicht ein Blick von einem von uns, und alle sind wir bei ihm und bei den Eltern, denen einmal mehr auch durch unser aller Erscheinen nicht Genüge getan wird.
Die sich wiederholenden Blicke zur Tür, die nie den meinen, dem sie gerade begegnen, auf der Suche nach einem Menschen, der nicht auffindbar ist, und mit denen wir uns gegenseitig immer nur sagen, aber Walter bist du nicht, nein. Ich habe Jahre gebraucht, ehe ich diese Blicke zu deuten verstand und erkannte, dass nicht ich gemeint war, sondern dass es um einen Abwesenden ging und bei dem Abwesenden immer um ihn.

So war es, und immer noch ist es nicht anders, und keiner von uns wüsste zu sagen, warum alles war, wie es war, und sein muss, wie es nun einmal ist.
Auf diese Art haben wir immer mit Walter gelebt. Wir kennen ihn und wir kennen ihn nicht, hat ihn doch von uns Jüngeren keiner jemals leibhaftig vor Augen gehabt. Und machten bei unseren Treffen Fotos aus der Kindheit der Eltern oder des jeweiligen Geburtstagskindes die Runde, kam Onkel Walter darauf nicht vor.
Wir kennen ihn vom Hörensagen und vom Erzählen der Eltern und von deren Erwartung und nicht eingelöster Hoffnung, die sich irgendwann auf jeden von uns überträgt. Wenn während einer Feier ein Fremder zur Tür hereinkommt oder an einem der Fenster vorbeigeht, oft genug kommt es dann vor, dass die Kinder meiner Geschwister aufschrecken und einander ansehen, um sich zu fragen, ob der Fremde vielleicht Walter sein könnte, und gegenseitig versichern sie sich, dass Onkel Walter das nicht sein kann, und nicken fragend oder schütteln den Kopf, Onkel Walter ist das nicht, nein, und

aus welchen Gründen auch immer, Onkel Walter sieht anders aus, Onkel Walter ist größer, und kleiner auch, je nachdem, denn jeder von uns hat sein eigenes Walterbild. Aber in allen Erzählungen ist er gutmütig, wohlmeinend und aufmerksam und an jedem von uns interessiert. So erzählt man es uns. Doch wir glauben das nicht, wie ich als Kind ja über Jahre nicht glauben konnte, dass es ihn überhaupt gibt. Doch Walter gibt es. Er hat eine Frau, die heißt Ria. Im Haus der Eltern geht die ein und aus. Und er hat einen Sohn, einen Enkel hat er, warum sollte es ihn also nicht geben. Es gibt ihn. Und er kommt zu Besuch. Wenn es stimmt, was die Eltern erzählen, denn Zeugen dieser Besuche gab es nicht, nie. Wie auch immer, nach seinem Besuch ist das Leben der Eltern eine Zeit lang im Lot.

Er lässt uns grüßen. Für jeden von uns hat er ein gutes Wort. Er verspricht, bei der nächsten Begegnung mit dabei sein zu wollen, und er freut sich darauf, uns kennenzulernen, jeden von uns, wie es heißt. So sagt man es uns und so hören wir es. Und immer noch gibt es einige unter uns, die das glauben, oder verstellen sie sich den Eltern zuliebe, das ist nicht zu sagen, sehen wir doch alle danach aus, als glaubten wir daran und als könnte es möglich sein, eines Tages, und vielleicht schon diesmal und jetzt.

Walter kam nicht. Und auch umgekehrt war es nicht, dass die Eltern Onkel Walter aufgesucht hätten. Dass wir Kinder von ihm eingeladen worden wären, das hat es nie gegeben. Besuche hat sich Walter seit jeher verbeten, und die Eltern hatten sich daran gehalten, zumindest hat es das immer geheißen.

Den Familienfesten wollte ich mich lange entziehen. Wann immer ich mit den anderen in der Küche saß oder im Garten und sich der Lärm ringsum überschlug, dachte ich an Walter und daran, wie ruhig und ungestört er es jetzt an einem anderen Ort ohne uns haben mochte, und daran, wie notwendig es auch für mich wäre, fort zu sein von dem Ort. Dann bewunderte ich ihn in seiner Ablehnung uns gegenüber, und wenn ich ins Auto stieg, auf der Hinfahrt und auf der Heimfahrt, dachte ich an nichts anderes als daran, das nächste Fest auszulassen und das übernächste und immer so fort und nicht wiederzukommen,

denn die Eltern und alle um sie herum sollten merken, dass ich ihrem Verlangen nicht weiter entsprechen konnte. Das nahm ich mir vor und war doch bei der nächsten Gelegenheit wieder mit dabei.
Und dann doch, ich war fort und blieb fort, ich bin nicht mehr gekommen, diese Zeit gab es auch. Schon bald merkte ich, die Kraft habe ich nicht, die es braucht, abwesend zu sein und abwesend zu bleiben, denn in dieser Zeit war ich noch ausschließlicher in Gedanken bei ihnen und dabei, ob Walter inzwischen gekommen sein mochte oder eben doch nicht.
Während meiner Abwesenheit hatte mich kein einziger meiner Verwandten auf mein Fernbleiben angesprochen. Gleichgültig ließ mich das nicht, denn bemerken sollten sie mein Fehlen sehr wohl, und abgehen wollte ich ihnen doch auch. Und schließlich, Vater ist alt, Mutter ist nicht mehr jung, wie oft würde ich die beiden noch sehen, dachte ich, und zwang mich damit wieder hin.
Die Eltern hängen an diesem Menschen, und mit ihnen hängen wir alle an ihm. Walter quält sie, und sie lassen es zu, und wir auch, als gelte es, ihm gegenüber eine Schuld

abzutragen oder für ein Vergehen zu büßen, von dem keiner weiß, worin es besteht.
Als Kind fragte ich Mutter immer wieder, was wir Onkel Walter denn angetan hätten, dass er nicht kam, denn dass es an uns liegen musste, stand für mich immer fest. Dann spürte ich die Verlegenheit, in die ich sie dadurch bringen konnte, und die Macht, die ich in diesen Augenblicken über sie hatte, und so fragte ich, wenn ich nicht allein mit ihr war und am liebsten in aller Öffentlichkeit.
Was war mit ihm, fragte ich. Und wir, warum tun wir das, wozu warten, wenn er doch niemals kommt.
Was soll denn gewesen sein, sagte sie, gar nichts war, nichts, und ging weg und war eine Zeit lang verschwunden. Dann kam sie zurück. Walter war immer so, sagte sie, schon als Kind, immer abseits von den anderen, allein und für sich. Für die vielen Menschen ist Walter nicht, die machen ihm Angst. Für ihn sind wir zu viele, zu viele auf einmal, das verschreckt ihn und davor hat er Angst, sagte sie, laut, wie wir nun einmal sind. Das stimmte, damit hatte sie Recht, laut sind wir immer gewesen. Doch weshalb wir auf ihn warten sollten, wo wir für

ihn doch immer zu viele sein mussten, eine Antwort darauf war das nicht.
Im Sommer warten wir, wenn das Wetter es zulässt, im Garten, denn durch die Unruhe der Kinder ist es im Haus oft nicht leicht auszuhalten. Dann sitzen wir in der Sonne oder unter einem der Bäume, nur Walters Stuhl steht abseits unter einem der übrigen Bäume im Schatten.
Die Sonne verträgt Walter nicht, das Licht tut ihm nicht gut, und Zugluft macht Walter krank, Fenster und Türen im Haus sind deshalb immer geschlossen, denn krank werden soll Walter nicht. Im Sommer warten wir in der Sonne und im Schatten der Bäume, und in der kalten Jahreszeit warten wir in den Zimmern. Geheizt wird nicht im Haus. Die Wärme tut Walter nicht gut, also sitzen wir im Winter unterkühlt in den Zimmern und haben einander vor Augen und Walter im Kopf und versuchen es gut miteinander zu haben und haben es gut und auch nicht, und trennen uns wieder und verlassen den Ort, um wiederzukommen und einander vor Augen zu haben und auf Walter zu warten, ohne ihn je zu erwarten. Wir sitzen beisammen und

versuchen ihn zu vergessen und vergessen zu machen, jeder für sich, und wann immer es für Momente gelingt oder zu gelingen scheint immerhin, in denen es still wird und friedlich und ruhig, sagt Mutter in die Stille hinein, wenn ich denke, dass wir es so gut haben und Walter ist jetzt allein irgendwo, ich kann das nicht haben, sagt sie.
Walter ist nicht allein, wir kennen seine Frau und den Sohn und den Enkel, die beide Walter heißen nach ihm. Allein ist er nicht, wissen wir, doch widersprechen wir nicht, denn für Mutter zählt das nicht, für Mutter war und ist Walter allein. Daran ändert auch Ria nichts, sagt sie und winkt ab. Wir haben uns, aber Walter ist immer für sich, so müssen wir an ihn denken und uns kümmern um ihn, sagt sie. Und genau dem ging Walter wohl immer schon aus dem Weg, indem er uns aus dem Weg ging.
Wenn Geschenke verteilt und ausgepackt werden, ein Paket liegt für ihn bereit, unauffällig, aber doch sichtbar für alle, die ein Auge dafür haben. Zu Weihnachten bleibt ein Geschenk ungeöffnet unter dem abgeräumten Weihnachtsbaum liegen, bis es zu Ostern oder

zu Pfingsten oder noch später in einem der Schränke verschwindet, um zu Weihnachten wieder unterm Weihnachtsbaum aufzutauchen.
Es kommt vor, dass Vater plötzlich aufsteht und auf den Gang geht ans Telefon und nachfragt, und alle nehmen das wahr und reden und schreien und schweigen weiter, als merkten sie nichts. Nach einer Weile kommt er ins Zimmer zurück und setzt sich auf seinen Platz, und es ist ihm anzusehen, dass er woanders ist und nicht hier und bei uns. Er sieht in die Runde und schweigt, und der Nachmittag vergeht und der Abend, bis er mit dem Finger auf den Tisch tippt und sagt, Walter kommt noch vorbei, sagt er dann mit einem Blick in die Runde.
Mit wem hast du gesprochen, wen hast du erreicht, fragt man ihn.
Walter müsste schon hier sein, sagt er, und er hätte es von Walters Sohn, der nicht wüsste, wohin sonst Walter gegangen sein könnte. Und irgendwann läutet es an der Tür, und Mutter blickt in die Runde und steht auf und geht aus dem Zimmer und schließt die Tür hinter sich, und wir bleiben lärmend zurück.

Walters Frau schaut vorbei, das kommt vor, nicht oft, nicht vorhersehbar, und ob aus Rücksicht auf die Eltern oder weil Walter sie schickt, wie auch immer, sie kommt. Die Tür geht dann auf, und wir sehen, Walter ist nicht bei ihr, sie kommt ohne ihn, sehen wir. Und doch, eine weniger fehlt, denn Ria gehört zu uns, wenn sie ohne ihn auch nicht zählt. Dann warten wir gemeinsam mit ihr, denn dass er vorgehabt habe zu kommen, versichert sie uns jedes Mal. Walter kommt nach, sagt sie dann, und sie sei vorausgegangen, da jemand Walter im letzten Moment aufgehalten habe. Wir warten, und über dem Warten wird sie unruhig und besorgt und die Eltern mit ihr und wir alle. Es ist etwas geschehen, sagt sie dann, sonst wäre er hier. Sie bleibt noch eine Zeit und verabschiedet sich, und wir bleiben zurück und warten auf einen Anruf von ihr, auf ein Zeichen, doch das gibt es nicht, nie, so wie es Walter nicht gibt, nicht für uns.

Doch es gibt ihn. Und er kommt. Wenn es stimmt, was die Eltern erzählen. Walter kommt, sagen sie. Einen Tag später oder zwei, eine Woche später, einen Monat, Walter

kommt eben zu seiner Zeit. Die Tür geht dann auf, und er steht im Raum und ist da.
Mutter ruft an. Walter war da, sagt sie dann, sein Platz ist noch warm, und denk dir, beinahe hätten wir ihn verpasst, nur gut, dass wir eine Vorahnung gehabt haben. Dann sagt sie, das nächste Mal bist du doch auch mit dabei, ich habe es immer gewusst, sagt sie dann, Walter kommt, er freut sich auf dich, das nächste Mal wirst du doch kommen, er kommt, Walter hat es versprochen. Dann sind wir alle beisammen. Du versprichst mir doch, dass du kommst, Walter möchte dich sehen, sagt sie. Ich verspreche es ihr wie die anderen auch, wir versprechen es alle, jeder für sich, ich verspreche es, ja, sage ich. Ich werde da sein, und Walter auch, ganz bestimmt. Und bei der nächsten Begegnung hören wir die beiden von Walter erzählen und davon, wie es war.
Wir können nicht fort, man muss immer rechnen mit ihm, sagen sie, wenn sie spüren, wir könnten wieder einmal darauf aus sein, ihre Waltergedanken durch eine gemeinsame Ausfahrt zu vertreiben.
In Versuchung führen wollen wir sie nicht, also hören wir zu, und sie erzählen, und es

wird Abend und Nacht, und während uns allen klar ist, dass Walter auch diesmal nicht kommt, erscheinen sie sicher und ruhig, denn sie wissen, sie sind daheim und erreichbar für den Fall, dass er kommt.

So verschieden sind wir gar nicht, denke ich oft. Auch ich will erreichbar sein, dieser Wunsch ist mir nicht fremd, und das Gefühl, jemandem im Wort zu sein, kenne ich nur allzu gut. Jemand wartet auf mich, irgendwo, oder könnte sich angesagt haben oder unangesagt bei mir vorbeischauen wollen, oft ist mir, als bestünde ich aus nichts anderem als aus diesem Gefühl. Verbindlichkeiten gehe ich daher aus dem Weg, und was ich ausmache, sage ich ab, um erreichbar zu sein für den Fall, jemand käme vorbei. Eine Ausnahme mache ich bei den Eltern, und die mache ich so oft, für andere bleibt da wenig Zeit. Doch zu ihnen mache ich mich auf den Weg, und schon auf der Fahrt beschäftigt es mich, wer diesmal vor meiner Tür stehen könnte, und ich wäre nicht da. Beim letzten Mal kam ich an und machte die Tür auf, und in dem Moment fiel mir ein, ich hatte auf Winkler vergessen. Jahre hatte ich ihn nicht mehr gesehen, und jetzt hatte ich auf ihn vergessen. Mit seiner Frau und den Kindern stand er vor meiner Tür und war nicht zu erreichen, sooft ich es auch versuchte, auch seither nicht, und zu Recht, denn es war nicht das erste Mal, dass ich ihn auf diese Weise versetzte.

Das kommt vor, immer wieder. Und immer wieder bin ich daher in Gedanken vor der verschlossenen Tür meiner Wohnung und bei einem, der wohl gerade davor stehen mag, während ich mit meinen Leuten im Garten sitze oder an einem der Tische im Haus. Dann gehen meine Augen von einem zum anderen, und ich sehe es uns an, wie unmöglich es ist, sich unserer Anhänglichkeit zu entziehen. Außer Walter ist das keinem gelungen, und auch ihm nur um den Preis, den wir alle für ihn zahlen.

Und doch, bei jeder Begegnung kommt der Moment, an dem es Zeit ist, auseinanderzugehen und es gut sein zu lassen und sich einzugestehen, dass das Warten umsonst ist, zumindest für diesmal und jetzt, dann wischt Vater mit der Hand über den Tisch und sagt nichts, und dann doch, Walter dürfte heute wohl nicht mehr kommen, sagt er und steht auf und bedankt sich dafür, dass wir gekommen sind, und zu Mutter gerichtet, du kommst ja dann nach, sagt er dann und geht in sein Zimmer, und Mutter folgt ihm zur Tür, die sie hinter ihm schließt, und zieht sich die Bluse zurecht und setzt sich noch einmal zu uns, eine Zeit, dann senkt sie die Augen und lächelt und klatscht vergnügt in die Hände. Morgen grüße ich Walter von euch, sagt sie dann.

Der Anfang von etwas

Der Brief war noch feucht von den Marken, da merkte ich, die Marken waren aus einem anderen Land, und als ich ans Fenster trat, war mir klar, ich war tatsächlich an einem mir fremden und unbekannten Ort. Um eine Ahnung zu bestätigen oder abzutun, ging ich ins Bad. Aus dem Spiegel sah mir ein Fremder entgegen.

Endlich aufgewacht, nass, aber froh, mich seit Langem an einen Traum erinnert zu haben, stand ich auf und fand mich in allem zurecht, doch zog es mich bald an den Tisch, an dem ich die Nacht verbracht hatte, zurück. Ich sah aus dem Fenster, und alles war, wie ich es aus dem Traum in Erinnerung hatte. Später Nachmittag, Frühherbst. Auch die Frau hinter den halb geöffneten Läden in dem Erker schräg

gegenüber, die mich im Traum beobachtet hatte, war immer noch da und hatte ihr Interesse an mir nicht verloren.
Ein Traum, dachte ich, und setzte mich auf das Bett, um ihn weiterzuträumen, doch alles blieb, wie es war.
Alles im Raum war mit Laken verhängt, sah ich jetzt, kahle Wände, der Ort schien für lange verlassen. Ich zog den Vorhang zu, und es war Nacht.
Aus dem Raum führten mehrere Türen. Absperren, dachte ich.
Es war abgesperrt. Die Schlüssel steckten von innen. Ich wusste, ich muss vor den Spiegel, nur so hört das auf, und tastete mich in das Bad. Der Spiegel war an seinem Ort.
Ich begann mich zu waschen, mechanisch glitten die Hände den Körper entlang und hörten damit nicht mehr auf, ich ließ es geschehen, denn ich wollte heraus aus dem Traum, doch was war, ging nicht ab von der Haut, und die Hände rieben mich wund, denn das Wasser war heiß, und drückten mir schließlich den Kopf unter Wasser und hörten erst auf, als ich einsah, dass es Gegenwehr nicht geben konnte. Die Hände nahmen

ein Tuch und kühlten damit das verbrühte Gesicht, das mich aus dem Spiegel heraus ansah, als hätte es sich bereits daran gewöhnt, dass ich ein anderer war.
Ich erholte mich rasch, denn ich glaubte, die Dunkelheit macht mir was vor, doch glühten die Hände vor Schmerz und gehörten also wieder zu mir, ich riss den Vorhang zurück und besah sie im Licht, die Haut abgeschält voller Blasen, und umwickelte sie mit dem Tuch, das nicht mehr kalt genug war, um das Brennen wirklich zu lindern. Bald brauchte ich das Tuch im Gesicht und hielt es gegen die Stirn. Die Arme, das sind nicht meine Arme, ich sah an mir hinab und wusste, der Spiegel will mich noch einmal haben, und rascher diesmal, denn diesmal machte ich mit, und das Waschen, die Hände, alles von vorn, den Kopf unter Wasser, ich ließ es geschehen, wie zur Belohnung war das Wasser jetzt kalt.
Im Erker gegenüber stand das Fenster weit offen, die Frau war verschwunden, und doch war ich mit mir nicht allein.
Ich verhängte den Spiegel und vergrub mich im Bett unter Tüchern, die ich nass gemacht hatte, um die Haut abzukühlen. Wie alles im

Raum lag nun auch ich zugedeckt und versuchte mich zu erinnern, wie das gekommen sein konnte, was war.
Es gelang, zumindest dachte ich das, ich erinnerte mich an eine Geschichte, die meine war, zweifellos, zumindest dachte ich das, und je ruhiger ich wurde dadurch, desto stärker kamen wieder die Schmerzen, und ich war froh, denn sie forderten Aufmerksamkeit. Die Schmerzen würden vergehen, und meinem Zustand versuchte ich mich durch Beobachtung zu entziehen, was auch gelang, eine Zeit, bis ich merkte, dass alles, woran ich mich erinnerte, im gleichen Augenblick wieder verschwand und verschwunden blieb, als wäre es nicht gewesen und als hätte ich es nicht erlebt. Indem ich mich an etwas erinnerte, schien ich es zu vergessen. Woran immer ich dachte, es war aus der Welt, die letzten Stunden, wie kam ich hierher, es gab eine Antwort, sie begegnete mir wie ein bekanntes Gesicht unter vielen und war wieder verschwunden und unbekannt wie die anderen auch.
Der Brief, dachte ich, was geschrieben ist, kann nicht verschwinden, und war schon am Tisch und in den Aufzeichnungen des vorigen Tages.

Ich erkannte nichts wieder. Inmitten abgebrochener und wie sinnlos aneinandergefügter Satzfetzen waren immer wieder die Worte Herkunft und Untergang zu lesen, Herkunft und Untergang, durchgestrichen und wieder darübergeschrieben, oder das eine war durch das andere ersetzt.
Der Brief hatte keine Adresse. Es dauerte lange, erst, als ich ihn zusammengepresst gegen das Licht hielt, war es möglich, durch den Umschlag hindurch etwas zu erkennen. Sollen sie kommen, stand da. Man kann mich jetzt holen.
Der Hof vor dem Haus war in Wahrheit ein Platz, sah ich jetzt, eingefasst von einem Gitter, das Pflaster lag hell und warm in der Sonne, Kinder liefen darauf in den Schatten der Bäume zu den Bänken der Mütter und in die Wärme zurück. Das Fenster öffnete sich bei der ersten Berührung, der Luftzug tat gut auf der Haut.
Auf einer der Bänke entdeckte ich schließlich ein Mädchen, das mir nicht unbekannt war, und auch der Hund, der ihm die Hand leckte, war mir schon begegnet.
Wer sollte mich holen. Wohin.

Den Brief zu öffnen wagte ich nicht und beschloss, mich an die Notizen zu halten, nicht ohne mich zu versichern, dass die Tür auch tatsächlich abgesperrt war.
Sollen sie kommen. Finden wird man mich nicht.
So wahllos ich aus dem wirr durcheinander liegenden Haufen einige Zettel herauszog, so wahllos schienen die Sätze darauf hingeschrieben, unleserlich gemachte Passagen, in denen ich mich zu verteidigen oder für etwas zu rechtfertigen schien, das nicht entzifferbar war, zumindest im Augenblick nicht.
Man entkommt sich nicht, las ich jetzt, sich selbst kommt man nicht aus, und hörte mich lachen darüber in einer Stimme, die nicht meine war. Denn ausgekommen war ich mir längst.
Sätze halfen hier nicht, doch einige gingen mir nach und ließen nicht von mir ab, als könnten sie sagen, was war. Doch das taten sie nicht.
Ich bereite meine Abreise vor. Meinen Namen überlasse ich den Lügen.
Neben dem Bett lag ein Laken, das zog ich jetzt über die Sätze in einer Bewegung, die nicht meine war. Abgereist war ich nicht, und

den Sätzen war so wenig zu trauen wie dem Geräusch, das nun schon eine Zeit aus einem Nebenraum kam. Die Tür zu dem Raum war nicht im Schloss, sah ich jetzt, und den Spalt, den der Luftzug öffnete und wieder schloss. Auch in diesem Raum lag alles weiß unter Laken.

Meine Lage war unerkannt, immerhin, und das sollte so bleiben, also schloss ich die Tür. Die Klinke lag angenehm kühl in der Hand. Jetzt nahm ich auch den Geruch wahr, der mir bisher nicht aufgefallen war, obwohl er stark und bestimmend auf allem lag, der Geruch alter Menschen, Medikamentengeruch.

In wessen Geschichte war ich geraten, dachte ich, sie gehörte so wenig zu mir wie dieser Geruch, der nun mein Geruch war. Wie ich nicht an diesen Ort gehörte, so gehörte nichts darin mir, außer den Notizen, mit denen ich nichts anzufangen wusste und die ich zugedeckt hatte wie alles andere auch. Den Sätzen war nicht zu trauen. Anders war es nicht, stand da, etwas liegt gegen mich vor und wer wird mir denn glauben, kein Mensch. Beteuerungen lösten Vorwürfe ab, Behauptungen jeder Art, auf die ich mir keinen Reim machen konnte,

Vermutungen, Selbstbezichtigungen, unleserlich gemachte Passagen.

Nebenan knarrte Parkett.

Begegnung

Es hob den Kopf und erstarrte in dieser Pose, als gelte es, einem Gegner zu drohen, dann setzte es seine Wanderung fort. Sein Panzer schimmerte feucht in der Sonne. Hörbar schnappten die Schaufeln ins Leere. Gelegentlich legte das Tier sie um den Schaft eines stärkeren Halmes, und, wie um sich einen Überblick von der Umgebung zu verschaffen, zog es sich daran hoch, um doch nur, wann immer es an der Spitze eines Halmes oder an der Oberseite eines Blattes angelangt war, hinunterzufallen und bewegungslos liegen zu bleiben und eine ganze Weile in nahezu vollkommener Reglosigkeit zu verharren und sich vielleicht schon im nächsten Moment in eine heftige Bewegung zu stürzen und seinen Weg fortzusetzen oder den nächstbesten Halm zu umkreisen und an dessen Basis den Kopf in die Erde zu bohren oder umzudrehen und in anderer Richtung weiterzumachen. Immer wieder hielt es inne inmitten einer Bewegung oder vermeintlichen Drohung, dann senkte und hob sich der Körper und mühte sich weiter voran auf eine Gruppe von Steinplatten zu, die im Gras versenkt waren und zu einem Kiesweg hinführten. Klirrend schrammte der Panzer gegen die Platten, dabei strauchelte das Tier und kam auf dem Rücken zu liegen, um sich mit einem Ruck auf die Beine zu werfen und in den kühleren Rasen zu robben und dort seinen Weg fortzusetzen. Der Kampf schien das Tier zu ermüden, denn immer öfter kam es nun in ganzer Länge auf einem der Steine zu liegen, und von Mal zu Mal dauerte es länger, bis es den weichen und schutzlosen Unterleib von der Platte zu heben vermochte. Bei einem Versuch, sich von einem Stein abzustoßen, stürzte es über den Wegrand hinunter auf den Kies. Die Glieder liefen frei in der Luft. Der Bauch war deutlich heller als der übrige Körper, und weich, und hob und senkte sich ständig und blähte sich auf und fiel ein, eine Ameise lief darüber hinweg, um kurz das Gesicht zu berühren, das Maul, und verschwand unter den Steinchen und kam wieder und kroch dem Tier übers Gesicht zu den Augen und nagte und zerrte daran und war wieder verschwunden, um doch wiederzukommen und sich mit jedem Mal länger in dem Tier zu verbeißen. Bei dem Sturz musste es sich verletzt haben, denn die linke Seite zog es nun nach, doch bewegte es sich trotz dieser Einschränkung behände über den Kies, der hier und dort schüttere Stellen aufwies, an denen die Erde zum Vorschein kam, die dem Tier in der Farbe entsprach. Wann immer es an eine derartige Lichtung gelangte, versuchte es, sich in die Erde zu graben, doch schon bald gab es auf und schleppte sich weiter bis zu dem Randstein, über den es herabgestürzt war und den es zu überwinden galt offenbar, denn das Tier setzte alles daran, zurück ins Gras zu gelangen, doch scheiterten die Beinchen an der Glätte der Steine. Wie besessen arbeitete es sich die Kante entlang, bis es endlich einen Spalt in der Mauer entdeckte, durch den es sich ins Rasengebiet zwängen konnte. Dort lag es jetzt still, eine Zeit, und begann, sich mit sich zu befassen, vorsichtig liefen die Fühler über die beeinträchtigten Glieder hinweg und fingerten über die Öffnung des Mauls, die Mundwerkzeuge stülpten sich vor und zurück, dabei duckte und reckte es sich, und mit einem Ruck kam das Tier jetzt noch einmal auf einem der Steine zu liegen, rücklings, in den hinteren Beinen war ein heftiges Zittern, das den ganzen Körper ergriff und wieder abnahm und unscheinbar wurde und schließlich verebbte, während die Schaufeln wild gegen den Kopf prallten und nicht aufhören wollten, wie bettelnd gegeneinander zu schlagen, das Maul ging auf und ging zu, und der Bauch sank jetzt ein und blieb flach und hatte seinen Schimmer verloren, bis auf die Stellen, an denen sich Ameisen zu schaffen machten, scharenweise kamen die aus dem Gras und stülpten sich über den Körper, die Schaufeln schlugen nicht mehr und hingen reglos ins Gras, das Maul stand jetzt offen und weit, die Ameisen krochen hinein und heraus und machten sich mit ihrer Beute davon und saugten und nagten an dem Körper und höhlten ihn aus, bis er leicht genug war, eine Hülse, die trugen sie fort.

In meinem Zimmer brennt Licht

Ich machte das Licht aus und sah zur Insel hinüber, von wo das Rufen gekommen war, doch in der Dunkelheit war bis dorthin nicht zu sehen. Nach einer Zeit blinkten Lichter im Schilf, und endlich entdeckte ich den Mann, dessen Stimme ich seit Stunden gehört hatte. Von seinem Boot aus leuchtete er in das Schilf, in dem ich jetzt etwas Helles erkannte. Es bewegte sich auf den See hinaus und kehrte zu der Stelle zurück, an der es zuvor im Schein der Lampe aufgetaucht war, als versuchte jemand ans Ufer zu kommen, und war in Wahrheit wohl nur ein Stück Stoff, eine Weste vielleicht von einem der Kinder, die ich am Nachmittag auf der Insel gesehen hatte. Der Mann hielt den Lichtschein darauf, aber er holte es nicht aus dem Wasser.

Ich erinnerte mich, wie eilig sie es gehabt hatten, mit ihrem Boot von dort weg und ans Ufer zu kommen, und kaum hatten sie angelegt, waren sie auch schon in ihren Häusern verschwunden, ohne das übliche Geschrei und Gezeter, von dem die Gegend bei ihrer Rückkehr sonst immer erfüllt war.
Gewöhnlich machten sie sich von der Landzunge aus auf den Weg durch das Schilf und zur Insel hinaus, und es dauerte eine Zeit, ehe sie in dem Gestrüpp auszumachen waren, so sehr waren sie darin geübt, in der Landschaft aufzugehen und sich unauffindbar zu machen, und vom Wind hing es ab, ob von dort etwas zu hören war oder ob alles im Stillen geschah.
Sie waren eine Gruppe von Kindern aus der Gegend, nicht viele und nicht immer dieselben, und weshalb es ihnen die Insel so sehr angetan hatte, dass sie sie beinahe täglich aufsuchten, war nicht zu sagen. Wegen einiger seltener Tierarten, die dort nisteten, war die Insel geschützt und der Aufenthalt dort nicht gestattet.
Meist führten sie Stöcke und Stangen mit sich im Boot, und Äpfel, die jeweils ein paar Tage, nachdem sie hinausgefahren waren, im Schilfsaum auf dem Wasser trieben.

Im Schilf machten sie Jagd. Mit ihren Stöcken und Stangen wateten sie am Ufer im Schlamm, und die verschreckten Tiere stoben aus ihren Verstecken und setzten sich auf den See hinaus ab. Dann ruderten sie zur Insel , und je nach Wind kam von dort ein klatschendes Schlagen herüber, oder es blieb still, und diese Stille hatte mich öfter ans Fenster geholt als das Schlagen und als jedes Geschrei.

Wenn sie von dort zurückkamen oder auf dem Weg dorthin waren, sicherten sie die Umgebung vor ungebetenen Zeugen, und merkten sie, dass sie entdeckt waren und beobachtet wurden, grüßten sie freundlich von Weitem und machten sich in anderer Richtung davon. Persönlich musste man das nicht nehmen, denn jeder aus der Gegend war wohl irgendwann einmal heimlich auf der Insel gewesen.

Die Lichter waren noch immer im Schilf, und der Mann stocherte mit einem Haken im Wasser.

Ich zog den Vorhang zu, denn was es zu sehen gab, wusste ich längst, dafür hatte der Mann immer wieder gesorgt, wenn er sich in Erinnerung rief und ich dann zu ihm in sein Boot stieg und er mich in den Träumen zur Insel hinausruderte. Es war wieder soweit, und eine im Wasser treibende Weste genügte, ein Stück Stoff, das sich im Schilf verhängt hatte, oder ein leeres Boot an einer Böschung am Ufer, und auf Tage und Wochen hinaus war der Mann wieder nicht zu beruhigen. Seit Jahren war Ruhe am See, wenn auch jeweils nur auf Zeit, denn Gelegenheit, etwas im Wasser zu finden, hatte es immer gegeben. Jahre, in denen er alt geworden war in seinem Boot. Er ging auf dem See seiner Arbeit nach, doch in allem war es, als suche er unaufhörlich im Wasser, am Ufer, im Schilf, auf der Insel, und den wahren Grund seiner Unruhe glaubte hier jeder zu kennen. Und doch, durch seine besondere Aufmerksamkeit den Kindern gegenüber galt er vielen als jemand, mit dem man sich besser nicht einließ.

Er versorgte die Gasthäuser in der Gegend mit Fischen, den Rest verkaufte er in der nahe gelegenen Stadt. Tagsüber saß er in seinem Boot, und abends schlenderte er am Ufer entlang. In den Nächten war er in den Kneipen am Hafen anzutreffen oder eben in seinem Boot auf dem See. Er war aufmerksam und zuvorkommend, und doch ruderte er oft grußlos an einem vorbei, um bei der nächsten Gelegenheit von Weitem mit einer einladenden Geste auf sich aufmerksam zu machen und einen zu sich ins Boot zu bitten, mit einer Freundlichkeit, der ich besonders als Kind nichts entgegenzusetzen hatte und mit der er mich immer wieder dazu gebracht hatte, mit ihm eine Ausfahrt zu machen, wie er es nannte, während der er von seiner Arbeit erzählte und davon, was er an dem Tag gefangen hatte und was er bei seiner Arbeit alles sehen und erleben würde Tag für Tag und übers Jahr und über all die Jahre hinweg, in denen er nun schon auf dem See seiner Arbeit nachging. Er redete auf mich ein und wirkte doch abwesend und entfernt, um mich dann plötzlich und unvermittelt eindringlich und herausfordernd anzusehen, ohne jemals etwas Konkretes zu fragen. Wenn wir uns der Insel näherten, immer wieder kam es dann vor, dass er unruhig wurde und fahrig, dann hatte er Schweiß auf der Stirn, und sein Hemd war nass, und er zitterte eine Weile am ganzen Leib und mit offenen Augen, mit denen er nicht von mir abließ, nur die Ruder gaben ihm Halt, und das Zittern ließ nach, und sein Blick wurde wieder offen und frei und versöhnlich, und als hätte er meinen Schrecken erkannt, lächelte er verlegen und fuhr mir mit der Hand durch das Haar. Dann machten wir kehrt und ruderten zum Ufer zurück, und so frei und gelöst er mir nun auch erschien, ließ er mich doch noch immer nicht aus den Augen. Dann war mir, als benutze er mich wie ein Gerät, mit dem es ihm möglich sein sollte, seinem Jungen nachzuspüren und ihn auch zu finden. Das wollte ich nicht und versuchte ihm auszukommen und kam doch nicht aus, doch nach außen hin gab er nach und fragte mich über die Schule aus und über meine Schulkameraden, über meine Freunde und deren Vorlieben und Abneigungen, alles wollte er wissen, und immer wieder war es ihm gelungen, den einen oder anderen meiner Freunde zu sich ins Boot zu holen und mit ihm zur Insel zu rudern, um den jeweiligen genauso herausfordernd anzusehen, wie um etwas in Erfahrung zu bringen, oder vielleicht auch nur in Gedanken an seinen Jungen und daran, wie der jetzt wohl hätte aussehen mögen. Wie auch immer, es war, als hätte er etwas in einem entdeckt und erkannt und gefunden, und so war es nur gut, dass unsere

Eltern uns schließlich den Umgang mit ihm verboten.
Auch von den Kindern, die jetzt und so viele Jahre später die Gegend unsicher machten, hatte er immer wieder das eine oder andere bei sich im Boot. Von ihm lernten sie fischen, dieses Angebot nahmen sie an, und im Winter brachte er ihnen das Eislaufen bei. So hatte er das ganze Jahr über mit ihnen zu tun. Ihr Umgang mit ihm war vertraulich und ohne Scheu, danach sah es aus. Mit ihren Angelruten saßen sie in seinem Boot, und an seiner Hand richteten sie sich wieder auf, wenn sie auf dem Eis ausgerutscht waren. Und doch war mir, als duldeten sie ihn eher, als dass sie ihn mochten, denn mehr als einmal hatte ich gesehen, wie sie sich duckten und sich im Schilf versteckten, wenn er an ihnen vorbeiruderte, hatten sie in ihm doch einen unvermeidlichen Zeugen ihrer heimlichen Fahrten, zumindest aber einen Mitwisser, der diese Ausfahrten duldete, denn dass sie ihm entgangen sein konnten, daran war nicht zu denken, und so ließen sie sich wohl darauf ein, von Zeit zu Zeit bei ihm im Boot zu sitzen dafür, dass er sie nicht verriet.

Uns hätte er nicht gedeckt. Schon beim Hinausfahren hatten wir Wasser im Boot, mehr als sonst. Das Boot gehörte keinem von uns, und so kümmerte sich auch keiner darum. Seit Jahren war es herrenlos an einem Stamm festgebunden im Wasser gelegen. An dem Tag lag es tiefer im Wasser als sonst. Wir ruderten trotzdem hinaus, schon, weil wir den Neuen mit dabeihatten. Der war ein paar Wochen zuvor an unsere Schule gekommen, und den nahmen wir mit hinaus zu der Stelle, an der wir auch sonst immer angelegt hatten, eine Aussparung im Schilf, eine Lichtung, dort legten wir an, und dort sah ich ihn stehen seither, wie er dastand im Schilf und uns nachsah und nicht wusste, was wir mit ihm vorhaben könnten.

Den ganzen Sommer über wurde nach dem Jungen gesucht. Sein Fahrrad fand man nicht unweit der Stelle, von der aus wir aufgebrochen waren.

Seit damals war ich nicht mehr auf der Insel gewesen, und seit damals hatte der Vater des Jungen den See nicht mehr verlassen, und ich sah ihm zu und beobachtete ihn all die Jahre seither.

Über den Vorfall verloren wir nicht ein Wort. Wir lebten weiter und trafen uns weiter, nur zur Insel fuhren wir nicht mehr hinaus.
Ich machte Licht und setzte mich auf das Bett. Am Morgen darauf schlichen Kinder ums Haus. In seinem Zimmer brennt Licht, hörte ich. Im nächsten Moment standen sie in der Tür und im Zimmer und sahen mir aufgeweckt und vergnügt in die Augen, und eines von ihnen hielt mir eine Schachtel mit einer jungen Katze entgegen, die ihnen zugelaufen war, wie sie sagten. Sie baten um etwas Milch für das Tier, und als ich damit ins Zimmer zurückkam, standen sie am Fenster und sahen auf den See und zur Insel hinüber ins Schilf.

Morgens, mittags, abends

Vor dem Haus war die Mauer erneuert und noch nicht wieder von Moos überwachsen wie die übrigen Mauern der Gegend. Das Gitter war frisch gestrichen und die Hecke dahinter schütter und kahl. Wachs lief in Strähnen über den frischen Beton und sammelte sich auf dem Gehsteig in kleinen Lachen, und als gelte es, einem Hindernis auszuweichen, hüpften Kinder darüber hinweg.
An der Kreuzung und die Straße entlang standen Bäume, alte Linden und Eichen, in deren Schatten Frauen und Kinder spazierten, Hunde streunten zwischen den Bäumen umher und ihre Besitzer, die ihnen folgten und stehenblieben und stillstanden und die schrundigen Rinden der Bäume studierten, um ihren Weg fortzusetzen, und immer

wieder ein Auto, das bremste und an der Kreuzung anhielt und wieder anfuhr und sich entfernte und sich in den Geräuschen der Umgebung verlor.
An der Hand einer Frau ging ein Junge den Gehsteig hinunter. Er führte ein Spielzeugauto die Gartenmauer entlang. Nach einer Weile machte er sich los von der Frau und lief ihr voraus und fuhr weiter mit seinem Auto auf der Mauer, und lag ein Hindernis auf der Strecke, hob er das Auto darüber hinweg und setzte es danach wieder auf. Mit einer Blechdose schrammte er gegen die Stäbe vom Gitter. Das gab ein Geräusch, und das ahmte er nach und brummte und sang es vor sich hin, seine Stimme wurde höher dabei und sank ein, als schalte er zwischen den Gängen, und je weiter er sich entfernte von der Frau, die ihn immer wieder ermahnte, desto schneller lief er ihr nun voraus, und war endlich um eine Ecke gebogen und verschwunden.
Eine alte Frau war zu der Kreuzung gekommen. Vor dem Haus war sie stehengeblieben, und spazierte nun dort auf und ab, die Arme verschränkt und in sich gekehrt. Immer wieder ging sie um die neue Ecke herum und ein

paar Schritte die Straße hinunter und stockte und blieb stehen und wandte sich um und kam wieder zurück, um doch nur wieder zu der Stelle zu gehen, wo sie kehrtgemacht hatte. Dabei zupfte sie einzelne Zweige der Hecke zurecht oder bog sie in den Garten zurück, in sich versunken und abwesend, wie es schien, denn wenn sich ihr jemand näherte, schreckte sie auf und wechselte augenblicklich die Richtung. Dann trat sie ein paar Schritte von der Mauer zurück, und im nächsten Moment strich sie mit einem Finger zärtlich darüber hinweg.

Dabei sah sie nun immer öfter herüber zu mir auf die andere Seite der Straße, von wo aus ich den Ort und auch sie schon länger beobachtet hatte, und ich spürte, wie sehr meine Anwesenheit die Frau irritierte. Weiter stören wollte ich nicht, und so ging ich über die Straße auf sie zu und an ihr vorbei und schlenderte weiter die Straße entlang.

Das Moos auf der Gartenmauer war vertrocknet und gelb, und an den Stäben des Gitters war der Lack abgeblättert. Dahinter behinderten Hecken zudringliche Blicke in die teils verwilderten Gärten. Die alten

Villen, Kastanien, Buchen und Weiden und die Körper von Menschen darunter auf ihren Liegestühlen und Liegen, Vogelgezwitscher und der Geruch von Gegrilltem. Die Natur könnte Wasser vertragen, war eine Frau durch eine Hecke zu hören.

Auf einer Veranda wurde Flöte gespielt, dasselbe Lied, immer wieder von vorn, das an derselben Stelle abbrach jedes Mal, mit einem Fehler, der sich von Mal zu Mal wiederholte. Eine Männerstimme setzte dann ein und nahm die Melodie auf und summte und sang sie von der Stelle aus weiter und wieder zurecht und verstummte, und wieder von vorn.

Eine Straßenbahn bog in die Straße, und ein Hund, der vor einem offen stehenden Gartentor gelegen und immer wieder Passanten verbellt hatte, sprang auf und lief ihr winselnd entgegen. Kinder saßen darin, und ein Mädchen, das ihn offenbar erwartet hatte, rief einen Namen und winkte ihm zu und warf einen Gegenstand aus dem Fenster, ein Stofftier, der Hund machte sich dorthin auf den Weg und schnupperte und nagte daran und machte sich mit seiner Beute davon.

An der Stelle, an der das Spielzeug auf der Straße gelandet war, zog sich eine Bremsspur über den Asphalt, und einige Meter daneben waren Pfeile und Zahlen auf die Straße und auf den Gehsteig gemalt.
Ich hatte ihn nur ein einziges Mal aufgesucht, und das auch nur, weil mein Hausarzt an dem Tag nicht ordinierte.
Das Läuten aus einer in der Nähe gelegenen Kapelle vermischte sich mit der Flötenmusik, und einige Gärten weiter wurde beides durch das Gejohle von dem Fußballplatz her übertönt und überschrien, der zu einem Kindergarten gehörte. Das Aufheulen der Menge, wenn ein Tor fiel oder vergeben wurde. Fahnen wurden geschwenkt, deren Spitzen die Hecke überragten, und immer wieder flog ein Ball auf die Straße heraus und wurde eilig von einem der Kinder zurückgebracht oder noch vom Gehsteig aus über die Hecke auf das Spielfeld geschossen und von dort mit Geschrei in Empfang genommen.
Eine Kleinigkeit hatte mich zu ihm geführt, ein Kratzen im Hals, das mich schon eine ganze Weile geplagt hatte, nichts Ernstes, für

das er sich aber doch Zeit nahm wie noch kein Arzt zuvor.

Von Zeit zu Zeit schlich ein Kind vom Spielplatz heraus auf die Straße, um auf die Gartenmauer zu klettern und sich an den Stäben bis zu den Spitzen hinauf hochzuziehen und sich, wenn es ihm gelungen war, daran heruntergleiten zu lassen, und wurde von seiner besorgten Mutter heruntergeholt und unter Ermahnungen in den Park zurückgeführt.

Beim Kreisverkehr nach dem Kinderhort machte ich Halt und wechselte auf die andere Straßenseite, um von dort aus wieder zurückzugehen. Ein Lieferwagen stand vor einem Haus, das gleichzeitig geräumt und neu bezogen zu werden schien. Der Wagen wurde geleert und vollgeräumt mit Möbeln und Gegenständen, die aus dem Haus geschleppt wurden und wieder hinein. Im Erker im obersten Stock stand ein Fenster weit offen. Ein Spiegel war dagegengelehnt, darin waren Baumkronen zu sehen und die Kreuzung, zu der ich nun wieder zurückging. Unter dem Fenster war eine Krähe damit beschäftigt, Reisig aus einer Rinne zu picken. Immer wieder hackte sie dabei auf ihr Spiegelbild ein, als versuch-

te sie es zu füttern, um die Ästchen dann doch in den Garten hinunterzuwerfen und ihnen nachzukrähen jedes Mal.
Angina ist das nicht, meinte er, nachdem er meinen Hals abgetastet und mich abgehorcht hatte, und stand auf und ging zu einem gläsernen Schrank, den sperrte er auf und nahm eine Packung Tabletten heraus.
Hinter den Zäunen und Sträuchern waren die ebenerdigen Fenster vergittert, halb geöffnet, gekippt, mit vom Luftzug bewegten Gardinen. In den Zimmern die Lampen und an den Wänden die Bücher, die Spiegel und Bilder. Und auf den Fassaden das Licht und die Schatten der Bäume. Der Kies und die Schritte auf Kies, die sich näherten oder entfernten, die Farne, die Sträucher, der Mohn und der Geruch von Gewürzen und von frischer Wäsche, den der Wind auf die Straße herauswehte.
Einige Straßen weiter wurde ein Dach abgetragen, ein Kran schwenkte über den Dächern, von dort kam ein Klopfen und Hämmern und Schlagen und mischte sich in das Johlen der Kinder aus dem Park und vom Fußballplatz her. Autos, die Flötenmusik und Musik aus den anderen Gärten und Häusern,

ein Pfiff und das Gekläff eines Hundes, dem der Pfiff wohl gegolten haben mochte. Das Schrillen einer Schulglocke und das Geschrei, das sich daraufhin mit den Kindern auf die Straße ergoss. Einige der Kinder hielten sich an den Händen und zogen eilig davon. Ein Mädchen trat plötzlich aus der Gruppe heraus und rannte in meine Richtung über die Straße. Eine Frau, die die Kinder begleitete, eilte ihm nach und holte es mit einem Ruck von der Straße, und mit einem Lächeln entschuldigte sie sich bei dem Mann, vor dessen Wagen das Kind gelaufen war und der ihr Lächeln erwiderte und seine Fahrt fortsetzte, während die Frau das Mädchen mit beiden Händen am Nacken packte und schüttelte und halste und ihm durchs Haar fuhr und es zu den anderen zurückführte, denen das alles entgangen war.
Ich näherte mich nun wieder der Kreuzung und sah, dass die alte Frau, der ich am Beginn meines Weges ausgestellt hatte, immer noch vor dem Haus auf und ab ging. Aus dem Haus gegenüber, das ein Schwesternhaus war, wurde sie von einer Schwester beobachtet, die auch mich schon länger nicht aus den Augen

gelassen hatte. Jetzt schloss sie das Fenster, und kurz darauf kam sie mir auf dem Gehsteig entgegen. Mir war nicht nach einem Gespräch, und so wandte ich mich ab, und sie wechselte auf die andere Seite der Straße und ging auf die Frau zu.

Über Wochen sind Menschen gekommen, sagte sie und deutete mit dem Kopf zu der frisch gemauerten Ecke.

Die Frau schien nichts hören zu wollen, denn unwillig senkte sie jetzt den Kopf, sie drehte sich um und verließ den Ort in die Richtung, aus der sie gekommen war, die Arme verschränkt und eiliger, als sie es die ganze Zeit über gehabt hatte. Eine Weile sah die Schwester ihr nach, und endlich gab sie doch auf und ging zurück in das Haus, wenn auch nicht, ohne sich noch einmal vergewissert zu haben, dass ich noch immer nicht angesprochen sein wollte.

Ich ging vor bis zur Kreuzung, dort wartete ich eine Zeit, ob die alte Frau nicht noch einmal auftauchen würde, doch sie kam nicht mehr zurück.

Markierungen für Kabelverlegungen leuchteten auf dem Asphalt, und jetzt erst sah ich den kleinen Baum an der Ecke, der, an einem

Pflock festgebunden, schief aus einer niedrig gehaltenen Hecke herauswuchs.
Die neue Mauer, das Gitter, die Hecke, dahinter führte ein Kiesweg zum Haus und zu einer Treppe, an deren oberem Ende ein steinerner Löwe die Haustür bewachte.
Es hieß, seine Mutter war mit ihm in dem Wagen gesessen und seine Frau, daran dachte ich jetzt, und an die drei Kreuze, die er mir auf die Packung gemalt hatte für morgens und mittags und abends.

Du kennst sie nicht, es sind Fremde

An seiner Wohnungstür las er den Namen, mit dem sie ihn die ganze Zeit angesprochen hatten. Er ging in die Wohnung hinein, und sie war ihm vertraut und auch nicht, als hätte sich etwas verändert in der Zeit, die er mit seinen Nachbarn verbracht hatte. Einiges fehlte und einiges war ihm fremd, und es war nicht zu sagen, was ihm gehörte und was nicht, vor allem wusste er nicht, wie und wonach das jeweils zu entscheiden war, und je länger er die Zimmer durchsuchte, desto weniger vermochte er es.

Immer wieder zog es ihn vor die Tür, doch der Name auf dem Schild war noch immer derselbe.

Unter dem Vorwand, etwas vergessen zu haben, läutete er seine Nachbarn aus dem

Schlaf. Was er vergessen hatte, war nicht zu finden, doch hatten sie die Fotos gefunden, von denen zuvor die Rede gewesen war und die sie ihm hatten zeigen wollen. Die ging er jetzt durch. Es waren alte Fotos, auf der Rückseite war das Jahr aufgedruckt, danach waren sie zu einer Zeit entstanden, in der er die beiden noch nicht gekannt haben konnte. Und doch stimmte eines der Gesichter darauf mit dem Gesicht überein, mit dem er sich jetzt aus dem Spiegel entgegensah.

Er gab auf und legte sich auf das Bett, und ein Anruf holte ihn aus seinen Gedanken. Ein Unbekannter gab sich als ein Freund zu erkennen, der ihn unbedingt sehen müsse, und eben noch heute und jetzt.

Als er das Lokal betrat, hatte er keine Ahnung, auf wen er sich eingelassen haben mochte und woran dieser Freund zu erkennen sei, doch der erwartete ihn schon und winkte ihn von seinem Tisch aus zu sich.

Vom ersten Satz an war klar, dass ihn auch dieser Mensch für den hielt, für den ihn zuvor seine Nachbarn gehalten hatten, und nach einer Zeit war ihm dieser Fremde vertraut, als wären sie seit Kindertagen die engsten

Freunde gewesen, und seine Geschichte war ihm bekannt, ohne dass viel darüber zu reden war.
In seiner Wohnung war die Unordnung von vorhin seine Ordnung geworden, alles war an seinem Ort, danach sah es immerhin aus. Er fand sich zurecht und machte das Licht aus und schloss die Augen im Vertrauen darauf, dass, wenn er sie wieder öffnete, alles seine Richtigkeit haben würde.
Am Morgen darauf machte er sich auf den Weg ins Büro, das in einer Gegend lag, in der er zuvor nie gewesen war, oder doch, das war nicht zu sagen, er betrat das Büro und grüßte und wurde gegrüßt und setzte sich an einen Tisch, von dem er spürte, dass es sein Tisch war, denn sicher war er sich nicht. Er fragte und wurde gefragt und gab Antwort und telefonierte und setzte Briefe auf und unterschrieb, als hätte er nie etwas anderes getan. Stunden später begrüßte ihn seine Nachbarin als neuen Nachbarn und sagte, sie und ihr Mann freuten sich darauf, ihn kennenzulernen und auf gute Nachbarschaft anzustoßen. An seiner Tür stand nicht der Name, mit dem er im Büro unterschrieben hatte. Er trat ein,

und was er vorfand, war neu und war anders, als er es vom Morgen her in Erinnerung hatte. Wieder ging er die Schränke und Laden nach Papieren ab und verglich sich mit dem Bild in dem Pass, den er dabei gefunden hatte, und es stimmte mit ihm überein.

Es läutete an der Tür, und eine Frau stand im Raum, die gekommen war, um ihn abzuholen, denn er würde sie ja doch wieder warten lassen oder versetzen. Den ganzen Tag über hätte sie ihn zu erreichen versucht, und sie hätten zu reden, und gleich. Die Frau kannte er nicht, doch sie sprachen sich aus, und als er schon glaubte, sie hätte sich beruhigt und sie wären sich einig geworden, meinte sie, dass es an der Zeit wäre auseinanderzugehen. Das dachte er auch, und so trennten sie sich, und er begleitete sie nach Hause und fuhr in die Wohnung zurück.

So geschah das nun oft. Die Namen an seiner Tür hörten nicht auf, sich zu ändern. Am Morgen verließ er das Haus, und er wurde erkannt, wenn auch nicht als der, für den er sich selbst jeweils hielt. Die anderen wussten, für wen er zu halten war, danach sah es immerhin aus. Wen immer sie in ihm sehen wollten, den

stellte er dar, ohne sein Zutun und ohne sich zu verstellen, und wie auch immer er sich verhielt, es schien demjenigen zu entsprechen, mit dem sie sich unterhielten.
Eine Zeit wirkte es, als ginge er nur zögernd auf den anderen ein, denn der hatte ihm gegenüber jeweils einen Vorsprung, doch was sich wie eine Erinnerungslücke oder Zerstreutheit ausnahm, war rasch aufgeholt, und von Mal zu Mal fiel es ihm leichter, der jeweiligen Situation zu entsprechen. Die anderen nahmen ihn als den, den sie zu sehen bekamen, und er wurde zu dem, für den sie ihn hielten. Ohne sich zu verkleiden, ging er verkleidet herum, wenn auch nicht für die anderen, sondern nur vor sich selbst.
Bei all den Veränderungen blieb doch immerhin seine Wohnung dieselbe, zumindest die Adresse war dieselbe geblieben, seine Nachbarn waren dieselben geblieben, alle anderen schienen dieselben zu bleiben, nur sein Leben schien sich mit jedem Tag neu zu erfinden.
Immer öfter war es ihm nun eine Lust, an einer fremden Adresse zu läuten, um zu sehen, wer er denn jetzt und in diesem Moment für einen ihm unbekannten Menschen sein

konnte. Das konnte gut ausgehen und auch nicht, denn es war nicht zu sagen, ob eine Tür freundlich aufgehen oder verärgert vor seinen Augen zugeschlagen würde und ob er für einen Bekannten gehalten würde oder für einen lästigen Fremden oder für einen Feind, dessen Erscheinen als Frechheit oder Ungeheuerlichkeit aufgefasst wurde.

Wenn er nachts aufwachte oder am Morgen und noch nicht klar war, ob sich die Wohnung um ihn herum schon verändert hatte oder noch nicht, suchte er im Adressbuch einen Namen, und wenn er jemanden anrief, mit dem er am Abend zuvor etwas ausgemacht hatte, kam es vor, dass der andere nicht wusste, wovon die Rede gewesen sein sollte, oder fragte, wer er denn überhaupt sei.

Einmal wurde er wie in einer Art Rückfall für den gehalten, der er gewesen sein mochte, ehe alles begann, zumindest empfand er es so und staunte über die Freude, mit der man ihn nach einer langen Abwesenheit wieder vor Augen zu haben glaubte. Doch als er im Anschluss daran seine Wohnung aufsuchte, in der Hoffnung, alles vorzufinden, wie es einmal gewesen war, stand er sich teilnahmslos gegenüber, und die Wohnung gehörte zu ihm und auch nicht, und alles war wie immer seither. Meist geschah es nachts und im Schlaf, eine ganze Weile immerhin war das so, doch immer öfter passierte es nun auch untertags, und wenn er am Abend oder zwischendurch seine Wohnung betrat, war nicht zu sagen, ob er als der Vertreter zurückkam, als der er am Morgen die Wohnung verlassen hatte, oder als der Makler, als der er gerade ein Grundstück verkauft hatte, oder schon als der Arzt, als der er gerade einer Frau den Hof gemacht hatte. Ein Rest an Erinnerung blieb dabei jeweils zurück, eine Zeit, oder doch immerhin eine Ahnung von den jeweiligen Möglichkeiten und Unmöglichkeiten und Stärken und Schwächen, denen er ausgeliefert war, weil er sie jeweils erst als die seinen erkennen musste, und die immer schwerer unter Kontrolle zu halten waren, und er fürchtete, den Überblick zu verlieren und sich nicht alles merken zu können, was mit ihm geschah. Doch das brauchte er nicht, zumindest nicht wegen der anderen, denn die wussten, mit wem sie es zu tun hatten, oder eben auch nicht, und so nahm er es an und sah seinen Zustand nicht mehr nur als Verlust und fand Gefallen daran, unter die Leute zu gehen und sich dabei als jemand kennenzulernen, der ihm bis dahin unbekannt war.

Es geschah immer öfter und von einem Moment auf den anderen, ständig und ununterbrochen und übergangslos, und wo auch immer er sich aufhielt und zu verstecken versuchte, er wurde entdeckt und erkannt und gestellt, und es nahm seinen Lauf, und an ein und demselben Tag heiratete er und stand er als alter Mann am Sarg seiner Frau, um im nächsten Moment vor dem Scheidungsrichter zu stehen im Gedanken daran, davongekommen zu sein. Stunden später glaubte er eben einen solchen Verlust nicht zu verkraften. Er wurde glücklicher Vater und konnte den Gedanken an ein Kind nicht ertragen, als Schüler ging er zur Schule, an der er Unterricht gab, er operierte und erwachte aus der Narkose, er züchtete Bienen und war verliebt und trug Trauer und hatte Angst und schüchterte andere ein und war glücklich und war endlich allein und wollte alles andere sein als allein und konnte sich zwischen verschiedenen Autos nicht entscheiden, von denen er vorhatte, eines zu kaufen, um gleich darauf seinen Fernseher zu versetzen und das letzte zerschlissene Hemd aufzutragen, und immer so fort, ständig und ununterbrochen und ohne Unterlass, immer. Das strengte ihn an, und das laugte ihn aus, und er versuchte, auszukommen und seine Wohnung nicht mehr zu verlassen, und musste es doch, weil den Bedürfnissen und Sehnsüchten und Wünschen des Menschen, dessen Leben er gerade führte, zu entsprechen war. Immer öfter zog er sich nun zurück, jeden Tag, jede Nacht und jeden Tag wieder aufs Neue, in seine Wohnung, ins Bett, um sich dort zu verschanzen und nicht mehr aufzustehen und nur noch zu schlafen, wessen Träume auch immer zu träumen sein würden, und nicht mehr aufzuwachen, und wachte doch auf und stand auf und wollte es auch, denn es waren Dinge zu tun, denen er vorhatte nachzugehen, wenn ihn auch schon die erste Begegnung jedes Mal davon abhielt. Auch an anderen Adressen war er von nun an daheim, und was beim ersten Mal wie durch Zufall geschah, war von da an nicht mehr zu ändern.

Er war in ein Haus gegangen, um jemanden zu besuchen, als er von einem Mann, der ihn für einen Hausnachbarn hielt, in den Lift gebeten wurde. Einen Stock höher als der Mann stieg auch er aus dem Lift und ging zu der Wohnung, in der er erwartet werden sollte, doch war niemand daheim. Er steckte den Schlüssel ins Schloss, die Tür öffnete sich und ihm war klar, auch in diese Wohnung gehörte er hin. Nachdem er sich umgesehen hatte, verließ er das Haus und ging durch die Straßen, um in die Fenster der Häuser zu sehen, und war in einer Wohnung kein Licht, ging er ins Haus und versteckte sich eine Zeit in der Wohnung, die zu seiner Wohnung wurde dadurch.
In die eigene Wohnung kam er nach dieser Nacht lange nicht mehr zurück. Er wechselte das Viertel und die Stadt und die Städte, und welche Tür auch immer er öffnen wollte, sein Schlüssel sperrte sie auf. Und doch zog es ihn an den Ort zurück, an dem alles begonnen hatte, um seiner Geschichte dort immerhin näher zu sein, zumindest dachte er das, und wessen Wohnung es auch immer gewesen sein mochte und wessen Leben, das er darin geführt hatte und führt.

Inhalt